大家小书

人间词话新注

王国维 著
滕咸惠 校注

北京出版集团公司
北京出版社

图书在版编目（CIP）数据

人间词话新注 / 王国维著；滕咸惠校注. — 北京：北京出版社，2016. 7（2024. 8重印）
（大家小书）
ISBN 978-7-200-12071-4

Ⅰ. ①人… Ⅱ. ①王… ②滕… Ⅲ. ①词（文学）—诗词研究—中国—古代②《人间词话》—注释 Ⅳ. ①I207. 23

中国版本图书馆CIP数据核字（2016）第076983号

总策划：安　东　高立志　　责任编辑：高立志　乔天一

· 大家小书 ·
人间词话新注
RENJIAN CIHUA XINZHU
王国维　著　滕咸惠　校注
*
北京出版集团公司
北　京　出　版　社　出版
（北京北三环中路6号　邮政编码：100120）
网　址：www.bph.com.cn
北京出版集团公司总发行
新华书店经销
北京华联印刷有限公司印刷
*
880毫米×1230毫米　32开本　10印张　164千字
2016年7月第1版　2024年8月第5次印刷
ISBN 978-7-200-12071-4
定价：59.00元
质量监督电话：010-58572393

序　言

袁行霈

“大家小书”，是一个很俏皮的名称。此所谓“大家”，包括两方面的含义：一、书的作者是大家；二、书是写给大家看的，是大家的读物。所谓“小书”者，只是就其篇幅而言，篇幅显得小一些罢了。若论学术性则不但不轻，有些倒是相当重。其实，篇幅大小也是相对的，一部书十万字，在今天的印刷条件下，似乎算小书，若在老子、孔子的时代，又何尝就小呢？

编辑这套丛书，有一个用意就是节省读者的时间，让读者在较短的时间内获得较多的知识。在信息爆炸的时代，人们要学的东西太多了。补习，遂成为经常的需要。如果不善于补习，东抓一把，西抓一把，今天补这，明天补那，效果未必很好。如果把读书当成吃补药，还会失去读书时应有的那份从容和快乐。这套丛书每本的篇幅都小，读者即使细细地阅读慢慢地体味，也花不了多少时间，可以充分享受读书的乐趣。如果把它们当成补药来吃也行，剂量小，吃起来方便，消化起来也容易。

我们还有一个用意，就是想做一点文化积累的工作。把那些经过时间考验的、读者认同的著作，搜集到一起印刷出版，使之不至于泯没。有些书曾经畅销一时，但现在已经不容易得到；有些书当时或许没有引起很多人注意，但时间证明它们价值不菲。这两类书都需要挖掘出来，让它们重现光芒。科技类的图书偏重实用，一过时就不会有太多读者了，除了研究科技史的人还要用到之外。人文科学则不然，有许多书是常读常新的。然而，这套丛书也不都是旧书的重版，我们也想请一些著名的学者新写一些学术性和普及性兼备的小书，以满足读者日益增长的需求。

“大家小书”的开本不大，读者可以揣进衣兜里，随时随地掏出来读上几页。在路边等人的时候，在排队买戏票的时候，在车上、在公园里，都可以读。这样的读者多了，会为社会增添一些文化的色彩和学习的气氛，岂不是一件好事吗？

“大家小书”出版在即，出版社同志命我撰序说明原委。既然这套丛书标示书之小，序言当然也应以短小为宜。该说的都说了，就此搁笔吧。

前　　言

周振甫

咸惠同志把他的《人间词话新注》的清样寄给我，要我说几句话。咸惠同志说："《人间词话》原稿顺序与《国粹学报》发表的王氏手定本完全不同，文字亦有出入"，"并多出十三条"，"前此尚未公开发表"，"从原稿中比较容易看清王氏的思路，从而更准确地理解王氏的文艺思想"。他的注也同以前的注不同，以前的注只是引出王氏文中提到的诗词原文，他的注根据王氏的论点，征引叔本华的说法来说明王氏论点的来历，再引各家的说法来作参证，对研究《人间词话》有帮助。我没有见过王氏《人间词话》原稿，更没有把原稿同《国粹学报》上发表的王氏手定本作过比较，也不知道原稿上多出来的十三条何以没有收入手定本，更没有研究过手定本的次序何以和原稿不同。不过我觉得手定本《人间词话》已经流行很久，原稿本外间没有看到，现在采用原稿本，让读者看到原稿本的面目是好的，不过不该忽略手定本的面目。建议在原稿本的编次数字后附注手定本的编次数字，使得在这个原稿本中保存手定本的面目。

这部新注既注出了王氏论点的根据，又引各家说法来作参证，有利于进一步探讨王氏的词论。这里试用境界说作例，结合新注来作些探索，可以看到新注对这种探索是有帮助的。

王氏提出境界说，说："有造境，有写境"，"有有我之境，有无我之境"。"造境"就是"有我之境"，"写境"就是"无我之境"。他的举例，以"泪眼问花花不语，乱红飞过秋千去"为造境，为有我之境；以"采菊东篱下，悠然见南山"为写境，为无我之境。这样说，容易使人迷惑。"乱红飞过秋千去"，是诗人所见，是写境，何以说是造境？"悠然见南山"，这个"悠然"是诗人的感觉，是有我，何以说是无我？倘说诗句不能这样割裂来看，乱红飞去同泪眼问花结合，所以是造境，是有我。那末，即使把"悠然见南山"同"采菊东篱下"结合，这个"采"和"见"里也有我在。要是说这里没有作者所表达的感情，那末，"悠然"不正是诗人的感情吗？再说，诗句既不能割裂，诗人所以要说"见南山"，正由于"山气日夕佳，飞鸟相与还"。这山气又有什么好呢？好在"鸟倦飞而知还"，正表达了他弃官归隐的心情，正是感情的自然流露，正是造境，正是有我，为什么说是写境，是无我呢？这时来看新注，新注引王氏说：“出于观我者，意余于境。而出于观物者，境多于意。然非物无以见我，而观我之时又自有我在。故二者常互相错综，能有所偏重，而不能有所偏废也。”经过这样一注，上面的疑问就解决了。所谓造境和有我，即观我，是意余于境，观我之时又自有我在，“乱红飞过秋千去”，是观我时的自有我在。“悠然见南山”，即出于观物者，境多于意。然非物无以见我，在“悠然”里正是观物中所见的我。原来所谓造境中还有写境，无我中还有我，所谓造境和有我之境，只是说偏重于抒情，在有我之境中还是有物；所谓写境和无我之境，只是说偏重于写景，在无我之境中还是有我在，只是感情不强烈而已。

王国维深受叔本华美学思想的影响。那么，有我之境和无我之境的说法与叔本华美学思想有什么关系呢？新注指出叔本华认为“抛开个人利害关系，抛开主观成分，纯粹客观地观察事物，并且全神灌注在事物上……以前在意志之路上追求而往往失诸交臂的宁静心情立刻不促而至，那就对我们好极了”。叔本华追求的是扼杀“生的意志”的绝对宁静，他认为生的意志永远得不到满足，造成永久的苦痛，要追求排除这种痛苦的绝对宁静。王氏的无我之境是受叔本华的影响。但他把叔本华追求的唯心的绝对宁静说运用到词论里作了修改，使它中国化了，使它成了中国的词论，他引“悠然见南山”就是例证。“悠然见南山”，不是扼杀“生的意志”的绝对宁静，是充满生的意志的悠然自得，不是以人生为永远得不到满足的永久的痛苦，是以归田园居的保持淳朴生活的愉悦。无我之境实际上是排除了叔本华的悲观思想，吸取他抛开主观较客观地观察事物的合理成分，确立了新的文艺论。

境界说同中国传统的情景说又有什么差异呢？新注里提出了传统的情景说来做比较。《文心雕龙·物色》里说：“情以物迁，辞以情发。”提出情和物，认为情受到物的影响。“写气图貌，既随物以宛转，属采附声，亦与心而徘徊。故灼灼状桃花之鲜，依依尽杨柳之貌，杲杲为日出之容，瀌瀌拟雨雪之状，喈喈逐黄鸟之声，喓喓学草虫之韵。皎日嘒星，一言穷理，参差沃若，两字穷形，并以少总多，情貌无遗矣。”诗人怎样描写情景呢？就写气说，即描写天气，象用杲杲来写日出，用瀌瀌来写下雪。就图貌说，即描写景物，象用灼灼来描写桃花的鲜艳，用依依来描写杨柳的姿态。就附声说，即描写声音，象用喈喈来描写黄鸟的鸣声，用喓喓来描写草虫的叫声。这些描写，既是跟着景物的不同来曲折表达的，也是跟着心情的变化来抒写的。换言之，它是情景交融的。象在灼灼里，不光写了桃花，也反映了诗人的情绪；在依依里，不光写了杨柳的柔弱，也反映了诗人恋恋不舍的感情。因此，这里主要是讲情景交融，所以说“情貌无遗”。它没有把抒情和写景分开来说，同造境和写境分开来说的不同。

梅尧臣说：“状难写之景，如在目前；含不尽之意，见于言外。”景指景物，意指情意，即写景和抒情分开说。姜夔说：“意中有景，景中有意。”即情景既可分别，又互相关联。王夫之说：“情景虽有在心在物之分，而景生情，情生景，哀乐之触，荣悴之迎，互藏其宅。”这里把情景和心物联系起来，指出情景和哀乐荣悴的关系，比前人讲得更深刻了。但即使是王夫之的诗论，也还没有达到《人间词话》的高度。王氏境界说提出造境、写境，类似前人讲的状景、含意，情生景，景生情，尤其是情生景具有造境的意思。但王氏提出有我之境和无我之境，强调一以情胜，一以景胜，强调前者“物皆着我之色彩”，后者“不知何者为我，何者为物”，实际是指情感的色彩比较淡；指出前者“于由动之静时得之”，后者“于静中得之”。这样讲，就超过王夫之。还有，王夫之看到情景和心物以及哀乐的关系，没有触及到自然中的景物和作品中的景物的不同。王氏境界说指出“自然中之物，互相关系，互相限制。然其写之于文学及美术中也，必遗其关系限制之处。故虽写实家，亦理想家也”。反过来，理想的材料“必求之于自然，而其构造，亦必从自然之法则。故虽理想家，亦写实家也”。从造境写境联系到理想和写实，联系到自然中之物和文学中之物，指出文学美术中所写的有其不同于自然之处，指出理想和写实的关系。这样的境界说，就远远超过前人的情景说了。刘勰只谈到情景交融，王夫之谈到了情和景，谈到了情景和心物、哀乐、荣悴。王氏的境界说则突破前人，提出了新的命题。他吸收了叔本华的合理成分，但又不同于叔本华，还是成为中国的文艺论。这是王氏的境界说，在谈情景论上确有其超越前人的地方。

以上，只是就新注中的注释结合境界说来谈谈。就是这样，也可看到这个新注提供的材料，对我们研究王氏《人间词话》确实是有帮助的。这点粗浅看法，是否有当，还请咸惠同志以及专家和读者指正。

大约在十七八年前，我就见到本书的初稿。这次重加修订，是值得高兴的事。

目　录

几点说明

一、本书分上、下两卷，上卷为“人间词话”，下卷为“人间词话附录”。上卷系根据王国维《人间词话》原稿整理而成。各条按原稿顺序编排，文字亦从原稿。原稿引文多处与所引著作原文不同，为慎重起见，概不改动。唯人名误字，一律改正并加按语说明。原稿已删之若干条及已删之若干文句照样录出并加按语说明。下卷分两部分：（一）辑录《人间词话》以外的零星论词语；（二）从王国维的《二牖轩随录》中摘出的选录《人间词话》的部分。

二、《人间词话》曾有多种版本，其中以徐调孚先生注、王幼安先生校订本（人民文学出版社1960年版《蕙风词话·人间词话》本，以下简称“通行本”）最为完备。通行本分“人间词话”“人间词话删稿”“人间词话附录”三卷。第一卷系《国粹学报》发表的王氏手定本。第二卷系赵万里先生、王幼安先生从《人间词话》原稿中录出之若干条。本书上卷包括了通行本第一卷、第二卷的全部并多出第 24、26、28、50、58、64、65、89、90、92、93、109、122共十三条。通行本第一卷第63条原稿无，作为本书第一卷最末一条。为便于读者与通行本对照，本书上卷各条注明通行本相应的条数。〔如：1（24），即本书第1条为通行本“人间词话”第24条；13（删1），即本书第13条为通行本“人间词话删稿”第1条〕。通行本第三卷系赵万里、陈乃乾、徐调孚诸先生辑录之王氏零星论词语。本书下卷第（一）部分即据此重加编排整理［置《人间词》甲、乙两稿序和《清真先生遗事》（节录）于前，其余按所论词人时代先后为序排列］。

三、本书有“校”“注”两部分。“校”说明与通行本文字比较重要的不同之处（个别条目是与王氏《文学小言》对校）。“注”是参照旧注加以补充修订而成。引文均注明出处。同一种书在注文中多次引用时，仅在第一次引用时注明版本。

四、本书是在周振甫先生指导下完成的，谨致衷心谢意！但限于校注者理论水平和知识水平，本书一定存在不少缺点和错误，敬请专家和读者批评指正。

上卷　人间词话

《人间词话》从光绪戊申（1908年）十月开始发表于《国粹学报》，分三期登完（第四十七、四十九、五十期），文末无王氏自署之写作年代。自1926年朴社单行本起，各种版本均署有“宣统庚戌九月脱稿于京师定武城南寓庐”。宣统庚戌乃1910年。这显然因王氏追记致误。《人间词话》原稿已提到《人间词乙稿》（参见本书第51条），而《乙稿》之结集并托名樊志厚作序是1907年冬（《乙稿》发表于光绪丁未十月《教育世界》，《乙稿序》署“光绪三十三年十月”），则《人间词话》的写作必在此后。又，王氏《唐五代二十一家词辑》大部分（其中十九家）完成于“光绪戊申季夏”，正是《人间词话》写作的资料根据之一。综合上述各项，《人间词话》当写于1908年夏秋之际。

1（24）

《诗·蒹葭》[①]一篇最得风人深致[②]。晏同叔[③]之“昨夜西风凋碧树。独上高楼，望尽天涯路”[④]意颇近之。但一洒落，一悲壮耳。

〔注〕

① 诗经·秦风·蒹葭

蒹葭苍苍，白露为霜。所谓伊人，在水一方。溯洄从之，道阻且长。溯游从之，宛在水中央。　蒹葭凄凄，白露未晞。所谓伊人，在水之湄。溯洄从之，道阻且跻。溯游从之，宛在水中坻。　蒹葭采采，白露未已。所谓伊人，在水之涘。溯洄从之，道阻且右。溯游从之，宛在水中沚。（据朱熹《诗集传》，上海古籍出版社本）

② 刘熙载《艺概·诗概》云：“雅人有深致，风人骚人亦各有深致。后人能有其致，则风、雅、骚不必在古矣。”（据上海古籍出版社本）

③ 晏同叔　晏殊（991—1055），字同叔，北宋词人。

④ 晏殊　鹊踏枝

槛菊愁烟兰泣露。罗幕轻寒，燕子双飞去。明月不谙离恨苦。斜光到晓穿朱户。　　昨夜西风凋碧树。独上高楼，望尽天涯路。欲寄彩笺兼尺素。天长水阔知何处。（据唐圭璋编《全宋词》，中华书局本）

2（26）

古今之成大事业、大学问者，罔不经过三种之境界："昨夜西风凋碧树。独上高楼，望尽天涯路。"此第一境界也。"衣带渐宽终不悔，为伊消得人憔悴。"[①]（欧阳永叔[②]）此第二境界也。"众里寻他千百度，回头蓦见，那人正在灯火阑珊处。"[③]（辛幼安[④]）此第三境界也。此等语皆非大词人不能道。然遽以此意解释诸词，恐为晏、欧诸公所不许也。[⑤]

〔校〕

此条亦见《文学小言》，"三种之境界"作"三种之阶级"；"此等语皆非……所不许也"作"未有不阅第一、第二阶级而能遽跻第三阶级者。文学亦然。此有文学上之天才者所以又需莫大之修养也"。

〔注〕

① 欧阳修　蝶恋花

独倚危楼风细细。望极离愁，黯黯生天际。草色山光残照里。无人会得凭阑意。　也拟疏狂图一醉。对酒当歌，强乐还无味。衣带渐宽都不悔。况伊销得人憔悴。（据《全宋词》）

② 欧阳永叔　欧阳修（1007—1072），字永叔，北宋文学家。

③ 辛弃疾　青玉案（元夕）

东风夜放花千树。更吹落，星如雨。宝马雕车香满路。凤箫声动，玉壶光转，一夜鱼龙舞。　蛾儿雪柳黄金缕，笑语盈盈暗香去。众里寻他千百度，蓦然回首，那人却在，灯火阑珊处。（据邓广铭《稼轩词编年笺注》，上海古籍出版社本）

④ 辛幼安　辛弃疾（1140—1207），字幼安，号稼轩，南宋词人。

⑤ 蒲菁云："江津吴碧柳芳吉曩教于西北大学。某举此节（指《人间词话》此条——引者）问之，碧柳未能对。嗣入都因请于先生（王国维——引者）。先生谓第一境即所谓世无明王，栖栖皇皇者。第二境是知其

不可而为之。第三境非归与归与之叹与。《湘山野录》：‘李后主神骨秀异，骈齿，一目有重瞳。笃信佛法。殆国势危削，叹曰：“天下无周公、仲尼，吾道不可行。”著杂说百篇以见志。’然则具周思孔情乃为大词人。余持此说，亦恐晏、欧诸公所不许也。”（据靳德峻笺证、蒲菁补笺《人间词话》，四川人民出版社本）

3（10）

太白① 纯以气象胜。“西风残照，汉家陵阙”②，寥寥八字，独有千古。③ 后世唯范文正④ 之《渔家傲》⑤、夏英公⑥ 之《喜迁莺》⑦ 差堪继武，然气象已不逮矣。

〔校〕

“独有千古”，通行本作“遂关千古登临之口”。

〔注〕

① 太白　李白（701—762），字太白，唐代诗人。

② 李白　忆秦娥

箫声咽，秦娥梦断秦楼月。秦楼月，年年柳色，霸陵伤

别。　　乐游原上清秋节，咸阳古道音尘绝。音尘绝，西风残照，汉家陵阙。（据黄昇辑《花庵词选》，中华书局本）

③ 黄昇《花庵词选》云："二词（指李白《菩萨蛮》和《忆秦娥》——引者）为百代词曲之祖。"陈廷焯《白雨斋词话》云："太白《菩萨蛮》《忆秦娥》两阕，神在个中，音流弦外，可以是为词中鼻祖。"（据人民文学出版社本）

但二词是否为李白作品，历来有争论。

胡应麟《少室山房笔丛》云："太白在当时，直以风雅自任。即近体盛行，七言律鄙不肯为，宁屑事此？且二词虽工丽而气衰飒，于太白超然之致，不啻穹壤。藉令真出青莲，必不作如是语。详其意调，绝类温方城辈。盖晚唐人词，嫁名太白。""《菩萨蛮》之名，当起于晚唐世。案《杜阳杂编》云：大中初，女蛮国贡双龙犀、明霞锦。其国人危髻金冠，璎珞被体，故谓之菩萨。当时倡优遂制《菩萨蛮》曲，文士亦往往效其词。《南部新书》亦载此事。则太白之世，唐尚未有斯题，何得预制其曲耶？"（据中华书局本，下册）

吴衡照《莲子居词话》云："唐词《菩萨蛮》《忆

秦娥》二阕，花庵以后，咸以为出自太白。……胡应麟《笔丛》疑其伪托，未为无见。谓详其意调，绝类温方城，殊不然。如‘暝色入高楼，有人楼上愁’‘西风残照，汉家陵阙’等语，神理高绝，却非金荃手笔所能。”（据唐圭璋编《词话丛编》本）

刘熙载《艺概·词曲概》云：“梁武帝《江南弄》、陶弘景《寒夜怨》、陆琼《饮酒乐》、徐孝穆《长相思》，皆具词体而堂庑未大。至太白《菩萨蛮》之繁情促节，《忆秦娥》之长吟远慕，遂使前此诸家，悉归环内。”“太白《菩萨蛮》《忆秦娥》两阕，足抵少陵《秋兴》八首。想其情境，殆作于明皇西幸后乎？”

吴梅《词学通论》云：“太白此词（指《忆秦娥》——引者）实冠今古，决非后人可以伪托。……盖自齐、梁以来，陶弘景之《寒夜怨》、陆琼《饮酒乐》、徐孝穆《长相思》等，虽具词体而堂庑未大。至太白繁情促节，长吟远慕，遂使前此诸家，悉归笼化，故论词不得不首太白也。”（据商务印书馆本）

杨宪益《李白与〈菩萨蛮〉》云：“《菩萨蛮》是古代缅甸方面的乐调，由云南传入中国。著名的《菩萨蛮》词‘平林漠漠烟如织’是李白的作品。因为李白是氐人，生长在绵州昌明，所以幼时就受了西南音乐的影响。在开元年间，李白流落荆楚，路过鼎州沧水驿楼，登楼望远，忽思故乡，遂以故乡的旧调作为此词。《忆秦娥》和《清平乐》也是李白利用故乡的俗曲写成的，不过其写成当在《菩萨蛮》后，约当李白去京都长安前后。”（见《李白研究论文集》）

任二北在《敦煌曲初探》中，认为杨宪益的看法和《教坊记》《奇男子传》以及敦煌写本等资料“无不吻合”“较为接近事实”。

唐圭璋《唐宋词简释》云：“此首（指李白《忆秦娥》——引者）伤今怀古，托兴深远。首以月下箫声凄咽引起，已见当年繁华梦断不堪回首。次三句，更自月色外，添出柳色，添出别情，将情景融为一片，想见惨淡迷离之概。下片揭响云汉，摹写当年极盛之时与地。而‘咸阳古道’一句，骤落千丈，凄动心目。再续‘音尘绝’一句，悲感愈深。‘西风’八字，只写境界，兴衰之感都寓其中。其气魄之雄伟，实冠今古。”（据上海古籍出版社本）

④ 范文正　范仲淹（989—1052），字希文，谥文正，北宋文学家。

⑤ 范仲淹　渔家傲（秋思）

塞下秋来风景异，衡阳雁去无留意。四面边声连角起。千嶂里，长烟落日孤城闭。　　浊酒一杯家万里，燕然未勒归无计。羌管悠悠霜满地。人不寐，将军白发征夫泪。（据《全宋词》）

⑥ 夏英公　夏竦（984—1050），字子乔，曾为宰相，封英国公，北宋词人。

⑦ 夏竦　喜迁莺

霞散绮，月垂钩。帘卷未央楼。夜凉河汉截天流，宫阙锁清秋。　　瑶阶曙，金茎露。凤髓香和烟雾。三千珠翠拥宸游，水殿按凉州。（据《全宋词》）

黄昇《花庵词选》注云：“景德中，水殿按舞，时公翰林内直，上遣中使取新词，公援毫立成以进，大蒙天奖。”

4（11）

张皋文[①]谓：飞卿[②]之词“深美闳约”[③]。余谓此四字唯冯正中[④]足以当之。[⑤]刘融斋[⑥]谓：“飞卿精艳绝人。”[⑦]差近之耳。

〔注〕

① 张皋文　张惠言（1761—1802），字皋文，清代词人、词论家。

② 飞卿　温庭筠（812—约870），本名岐，字飞卿，唐代文学家。

③ 张惠言《词选叙》云："自唐之词人李白为首，其后韦应物、王建、韩翃、白居易、刘禹锡、皇甫松、司空图、韩偓并有述造，而温庭筠最高，其言深美闳约。"（据《词选》，中华书局本）

周济《介存斋论词杂著》云："词有高下之别，有轻重之别。飞卿下语镇纸，端己揭响入云，可谓极两者之能事。""皋文曰：'飞卿之词，深美闳约。'信然。飞卿酝酿最深，故其言不怒不慑，备刚柔之气。针缕之密，南宋人始露痕迹，《花间》极有浑厚气象。如飞卿则神理超越，不复可以迹象求矣；然细绎之，正字字有脉络。"（据《介存斋论词杂著·复堂词话·蒿庵论词》，人民文学出版社本）

④ 冯正中　冯延巳（904—960），字正中，南唐词人。

⑤ 陈廷焯《白雨斋词话》云："冯正中词，极沈郁之致，

穷顿挫之妙，缠绵忠厚，与温、韦相伯仲也。”

⑥ 刘融斋　刘熙载（1813—1881），字伯简，一字融斋，清代文学家。

⑦ 刘熙载《艺概·词曲概》云：“温飞卿词精妙绝人，然类不出乎绮怨。”（据上海古籍出版社本）

5（13）

南唐中主[①]词“菡萏香销翠叶残，西风愁起绿波间”[②]，大有“众芳芜秽”[③]“美人迟暮”[④]之感。乃古今独赏其“细雨梦回鸡塞远，小楼吹彻玉笙寒”[⑤]，故知解人正不易得。[⑥]

〔注〕

① 南唐中主　李璟（916—961），五代南唐中主，本名景通，改名瑶，后名璟，字伯玉，词人。

② 李璟　摊破浣溪沙

菡萏香销翠叶残，西风愁起绿波间。还与韶光共憔悴，不堪看！细雨梦回鸡塞远，小楼吹彻玉笙寒。多少泪珠无限恨！倚阑干。（据《李璟李煜词》，人民文学出版社本）

③ 屈原《离骚》："余既滋兰之九畹兮，又树蕙之百亩。畦留夷与揭车兮，杂杜衡与芳芷。冀枝叶之峻茂兮，愿俟时乎吾将刈。虽萎绝其亦何伤兮，哀众芳之芜秽。"（据朱熹《楚辞集注》，上海古籍出版社本）

④ 屈原《离骚》："日月忽其不淹兮，春与秋其代序。惟草木之零落兮，恐美人之迟暮。"（同上）

⑤ 马令《南唐书·冯延巳传》云："元宗乐府词云'小楼吹彻玉笙寒'。延巳有'风乍起，吹皱一池春水'之句。皆为警策。元宗尝戏延巳曰：'"吹皱一池春水"，干卿何事？'延巳曰：'未若陛下"小楼吹彻玉笙寒"。'元宗悦。"（据《墨海金壶》本）

胡仔《苕溪渔隐丛话》引《雪浪斋日记》云："荆公问山谷云：'作小词曾看李后主词否？'云：'曾看。'荆公云：'何处最好？'山谷以'一江春水向东流'为对。荆公云：'未若"细雨梦回鸡塞远，小楼吹彻玉笙寒"，又"细雨湿流光"最好。'"（据人民文学出版社本，上册）按：王安石误把南唐中主词和冯延巳词当作后主词。

⑥ 陈廷焯《白雨斋词话》云："南唐中宗《山花子》云：'还与韶光共憔悴，不堪看。'沈之至，郁之至，凄

然欲绝。后主虽善言情，卒不能出其右也。”

吴梅《词学通论》云：“中宗诸作，自以《山花子》二首为最。……此词之佳在于沈郁。夫‘菡萏销翠’‘愁起西风’与‘韶光’无涉也。而在伤心人见之，则夏景繁盛亦易摧残，与春光同此憔悴耳。故一则曰‘不堪看’，一则曰‘何限恨’。其顿挫空灵处，全在情景融洽，不事雕琢，凄然欲绝。至‘细雨’‘小楼’二语，为‘西风愁起’之点染语，炼词虽工，非一篇中之至胜处，而世人竟赏此二语，亦可谓不善读者矣。”

6（19）

冯正中词虽不失五代风格而堂庑特大[①]，开北宋一代风气。[②]中、后二主[③]皆未逮其精诣。《花间》[④]于南唐人词中虽录张泌[⑤]作，而独不登正中只字，岂当时文采为功名所掩耶？[⑥]

〔校〕

“中、后二主皆未逮其精诣……文采为功名所掩耶？”

通行本作“与中、后二主词皆在《花间》范围之外，宜《花间集》中不登其只字也。”

〔注〕

① 堂庑特大　境界更开阔，气度更恢宏。

② 刘熙载《艺概·词曲概》云：“冯延巳词，晏同叔得其俊，欧阳永叔得其深。”

冯煦《唐五代词选叙》云：“吾家正中翁，鼓吹南唐，上翼二主，下启欧、晏，实正变之枢贯，短长之流别。”（据商务印书馆本）《蒿庵论词》云：“词至南唐，二主作于上，正中和于下，诣微造极，得未曾有。宋初诸家，靡不祖述二主，宪章正中，譬之欧、虞、褚、薛之书，皆出逸少。”（据《介存斋论词杂著·复堂词话·蒿庵论词》，人民文学出版社本）

③ 中、后二主　南唐中主（参见第5条注①）和南唐后主。后主李煜（937—978），字重光，词人。

④《花间》《花间集》，五代后蜀赵崇祚编，选录晚唐五代十八家词五百首。

⑤ 张泌　南唐词人。

⑥ 龙榆生《唐宋名家词选》云：“《花间集》多西蜀词人，不采二主及正中词，当由道里隔绝，又年岁不相及，有以致然。非因流派不同，遂尔遗置也。王说非

是。”（据开明书店1934年版）

7（56）

大家之作，其言情也必沁人心脾，其写景也必豁人耳目。其辞脱口而出无矫揉装束之态。[1]以其所见者真，所知者深也。持此以衡古今之作者，百不失一。此余所以不免有北宋后无词之叹也。

〔校〕

通行本在“所知者深也”下，多出“诗词皆然”四字，“百不失一”作“可无大误”，无“此余所以不免有北宋后无词之叹也”。

〔注〕

① 王国维《宋元戏曲考序》云：“往者读元人杂剧而善之；以为能道人情，状物态，词采俊拔，而出乎自然，盖古所未有，而后人所不能仿佛也。”《宋元戏曲考》云：“然元剧最佳之处，不在其思想结构，而在其文章。其文章之妙，亦一言以蔽之曰：有意境而已矣。何以谓之有意境？曰：写情则沁人心脾，写景则在人耳

目，述事则如其口出是也。古诗词之佳者，无不如是。元曲亦然。”（据《王国维戏曲论文集》）

8（33）

美成[①]词深远之致不及欧[②]、秦[③]，唯言情体物，穷极工巧，故不失为第一流之作者。但恨创调之才多，创意之才少耳。[④]

〔注〕

① 美成　周邦彦（1057—1121），字美成，北宋词人。

② 欧　欧阳修，参见第2条注②。

③ 秦　秦观（1049—1100），字少游、太虚，号淮海居士，北宋词人。

④ 陈振孙《直斋书录解题》云：“清真词多用唐人诗语檃括入律，浑然天成，长调尤善铺叙，富艳精工，词人之甲乙也。”（据《丛书集成初编》本）

强焕《题周美成词》云：“公之词，其摹写物态，曲尽其妙。”（据《宋六十名家词·片玉词》，四部备要本）

张炎《词源》云："美成词只当看他浑成处，于软媚中有气魄，采唐诗融化如自己者，乃其所长；惜乎意趣却不高远。"（据《词源注·乐府指迷笺释》，人民文学出版社本）

沈义父《乐府指迷》云："凡作词当以清真为主。盖清真最为知音，且无一点市井气，下字运意，皆有法度，往往自唐宋诸贤诗句中来，而不用经史中生硬字面，此所以为冠绝也。"（同上）

周济《宋四家词选目录序论》云："清真，集大成者也。""清真浑厚，正于钩勒处见。他人一钩勒便刻削，清真愈钩勒、愈浑厚。"（据《介存斋论词杂著·复堂词话·蒿庵论词》）

刘熙载《艺概·词曲概》云："周美成词，或称其无美不备。余谓论词莫先于品。美成词信富艳精工，只是当不得一个贞字。是以士大夫不肯学之，学之则不知终日意萦何处矣。""周美成律最精审，史邦卿句最警炼。然未得为君子之词者，周旨荡而史意贪也。"

陈廷焯《白雨斋词话》云："词至美成，乃有大宗，前收苏、秦之终，后开姜、史之始，自有词人以来，不得不推为巨擘。后之为词者，亦难出其范围。然其妙处，亦不外沈郁顿挫。顿挫则有姿态，沈郁则极深厚。极有姿态，又极深厚，词中三昧亦尽于此矣。”

9（34）

词最忌用替代字。美成《解语花》[①]之“桂华流瓦”，境界极妙，惜以“桂华”二字代“月”耳。梦窗[②]以下则用代字更多。其所以然者，非意不足，则语不妙也。盖语妙则不必代，意足则不暇代。此少游[③]之“小楼连苑”“绣毂雕鞍”[④]所以为东坡[⑤]所讥也。[⑥]

〔注〕

① 周邦彦　解语花（元宵）

风销焰蜡，露浥烘炉，花市光相射。桂华流瓦。纤云散，耿耿素娥欲下。衣裳淡雅。看楚女、纤腰一把。箫鼓喧、人影参差，满路飘香麝。　　因念都城放夜。望千门如昼，嬉笑游冶。钿车罗帕。相逢处，自有暗尘随马。年光是也。唯只见、旧情衰谢。清漏移，飞盖归来，从舞休歌罢。（据《全宋词》）

② 梦窗　吴文英（约1200—约1260），字君特，号梦窗、

觉翁，南宋词人。

③ 少游　秦观，参见第8条注③。

④ 秦观　水龙吟

小楼连远横空，下窥绣毂雕鞍骤。朱帘半卷，单衣初试，清明时候。破暖轻风，弄晴微雨，欲无还有。卖花声过尽，斜阳院落，红成阵、飞鸳甃。　玉佩丁东别后，怅佳期、参差难又。名缰利锁，天还知道，和天也瘦。花下重门，柳边深巷，不堪回首。念多情，但有当时皓月，向人依旧。（据《全宋词》）

⑤ 东坡　苏轼（1036—1101），字子瞻，号东坡居士，北宋文学家。

⑥ 黄昇《花庵词选》云："秦少游自会稽入京，见东坡。……（东坡）问别作何词，秦举'小楼连苑横空，下窥绣毂雕鞍骤'。坡云：'十三个字，只说得一个人骑马楼前过。'秦问先生近著，坡云：'亦有一词说楼上事。'乃举'燕子楼空，佳人何在，空锁楼中燕'。晁无咎在座，云：'三句说尽张建封燕子楼一段事，奇哉。'"

10（35）

沈伯时[①]《乐府指迷》云："说桃不可直说桃，须用'红雨'[②]'刘郎'[③]等字，说柳不可直说破柳，须用'章台'[④]'灞岸'[⑤]等事。"[⑥]若惟恐人不用替代字者。果以是为工，则古今类书具在，又安用词为耶？宜其为《提要》所讥也。[⑦]

〔注〕

① 沈伯时　沈义父，字伯时，南宋词论家。

② 李贺《将进酒》："况是青春日将暮，桃花乱落如红雨。"王实甫《西厢记》："相见时，红雨纷纷点绿苔。"

③ 刘郎　刘禹锡。《旧唐书·刘禹锡传》："（王）叔文败，（刘禹锡）坐贬连州刺史，在道，贬朗州司马。……禹锡在朗州十年……元和十年，自武陵召还。宰相复欲置之郎署。时禹锡作《游玄都观咏看花诸君子》诗，语涉讥刺，执政不悦，复出为播州刺史。……改授连州刺史。去京师又十余年，连刺数郡。太和二年，

自和州刺史征还，拜主客郎中。禹锡衔前事未已，复作《游玄都观诗》。……其前篇有'玄都观里桃千树，总是刘郎去后栽'之句，后篇有'种桃道士今何在，前度刘郎今又来'之句。"（据中华书局本）

④ 汉长安章台下街名章台街，乃歌妓聚居之所。孟棨《本事诗》叙韩翊与柳氏悲欢离合故事，中有韩翊寄柳氏诗云："章台柳，章台柳，往日依依今在否？纵使长条似旧垂，亦应攀折他人手。"

⑤ 灞岸即灞陵岸。灞水流经长安东灞陵，有桥名灞桥。送客至此，折柳赠别。王粲《七哀诗》："南登霸陵岸，回首望长安。"李白《忆秦娥》："年年柳色，霸陵伤别。"戎昱《途中寄李二》："杨柳烟含灞岸春，年年攀折为行人。"（或作李益诗）罗隐《送进士臧渍下第后归池州》："柳攀灞岸强遮袂，水忆池阳渌满心。"

⑥ 沈义父《乐府指迷》"语句须用代字"条云："炼句下语，最是紧要。如说桃，不可直说破桃，须用'红雨''刘郎'等字；说柳，不可直说破柳，须用'章台''灞岸'等字。又用事，如曰'银钩空满'，便是书字了，不必更说书字；'玉箸双垂'，便是泪了，不必更说泪。如'绿云缭绕'，隐然髻发；'困便湘竹'，分明

是箫；正不必分晓，如教初学小儿，说破这是甚物事，方见妙处。往往浅学俗流，多不晓此妙用，指为不分晓，乃欲直捷说破，却是赚人与耍曲矣。如说情，不可太露。”

⑦《四库全书总目提要》“乐府指迷”条云：“又谓说桃须用‘红雨’‘刘郎’等字，说柳须用‘章台’‘灞岸’等字，说书须用‘银钩’等字，说泪须用‘玉箸’等字，说发须用‘绿云’等字，说箫须用‘湘竹’等字，不可直捷说破。其意欲避鄙俗，而不知转成涂饰，亦非确论。”（据商务印书馆本）

蔡嵩云《乐府指迷笺释》引《人间词话》上条和此条后，云：“说某物，有时直说破，便了无余味，倘用一二典故印证，反觉别增境界。但斟酌题情，揣摩辞气，亦有时以直说破为显豁者。谓词必须用替代字，固失之拘，谓词必不可用替代字，亦未免失之迂矣。美成《解语花》‘桂华流瓦’句，单看似欠分晓，然合下句‘纤云散，耿耿素娥欲下’观之，则写元夜明月，而兼用双关之笔，何等精妙！虽用替代字，不害其为佳。《人间词话》称其造境，而惜其以桂华二字代月，语殊未然。……至于说某物，既用事暗点，不必更明说。若已暗点，又用明说，叠床架屋，成何章法？而市井赚人耍曲，其词往往如此。彼只知说破为妙，而不晓不说破之妙。”

11（43）

南宋词人，白石[①]有格而无情，剑南[②]有气而乏韵。其堪与北宋人颉颃者，唯一幼安耳。近人祖南宋而祧北宋，以南宋之词可学，北宋不可学也。学南宋者，不祖白石，则祖梦窗，以白石、梦窗可学，幼安不可学也。[③]学幼安者，率祖其粗犷、滑稽，以其粗犷、滑稽处可学，佳处不可学也。同时白石、龙洲[④]学幼安之作[⑤]且如此，况他人乎？其实幼安词之佳者，如《摸鱼儿》《贺新郎》（送茂嘉）、《青玉案》（元夕）、《祝英台近》[⑥]等，俊伟幽咽，固独有千古，其他豪放之处亦有“横素波、干青云”[⑦]之概，宁梦窗辈龌龊小生所可语耶？[⑧]

〔校〕

“同时白石、龙洲学幼安之作”至“宁梦窗辈龌龊小生所可语耶？”通行本作“幼安之佳处，在有性情，有境界。即以气象论，亦有‘横素波、干青云’之概，宁后世龌龊小生所可拟耶？”

〔注〕

① 白石　姜夔（约1155—约1221），字尧章，号白石道人，南宋词人。

② 剑南　陆游（1125—1210），字务观，号放翁，南宋诗人。有《剑南诗稿》《渭南文集》。

③ 王氏所说“近人祖南宋而祧北宋，以南宋之词可学，北宋不可学也。……”主要是针对清代词学中的浙派而言。

朱彝尊《词综·发凡》云：“世人言词，必称北宋。然词至南宋，始极其工，至宋季而始极其变。姜尧章氏最为杰出。”（据《词综》，上海古籍出版社本）《黑蝶斋诗余序》云：“词莫善于姜夔，宗之者张辑、卢祖皋、史达祖、吴文英、蒋捷、王沂孙、张炎、周密、陈允平、张翥、杨基，皆具夔之一体。”（据《曝书亭全集》，四部备要本）

厉鹗《张今涪红螺词序》云：“尝以词譬之画，画家以南宗胜北宗。稼轩、后村诸人，词之北宗也；清真、白石诸人，词之南宗也。”（据《樊榭山房文集》，四部备要本）

对于浙派的流弊，在王氏之前已有人提出批评。

吴衡照《莲子居词话》云："词至南宋始极其工，秀水创此论，为明季人孟浪言词者示救病刀圭，意非不足。夫北宋也，苏之大、张之秀、柳之艳、秦之韵、周之圆融，南宋诸老何以尚兹！"

文廷式《云起轩词钞序》云："词家至南宋而极盛，亦至南宋而渐衰。……词者，远继风骚，近沿乐府，岂小道欤？自朱竹垞以玉田为宗，所选《词综》，意旨枯寂。后人继之，尤为冗漫。以二窗为祖祢，视辛、刘若仇雠。家法若斯，庸非巨谬。二百年来，不为笼绊者，盖亦仅矣。"（据光绪丁未南陵徐氏刊本）（其他词论家对浙派的批评，参见第66条）

清代词学中的常州派，对于浙派推尊南宋，贬低北宋，尤其是过分抬高姜夔，深致不满。但他们对南宋词人一般也不否定，尤其是对吴文英、王沂孙等人更是推崇备至。王氏这里也有对常州派的批评。

④ 龙洲　刘过（1154—1206），字改之，号龙洲道人，南宋词人。

⑤ 白石、龙洲学幼安之作　姜夔有的词模仿辛弃疾词的风格，如《汉宫春》（次韵稼轩）（次韵稼轩蓬莱

阁）、《永遇乐》（次稼轩北固楼词韵）。黄昇在《花庵词选》中认为刘过词学辛弃疾，如《沁园春》（送辛幼安弟赴桂林官）（寄辛稼轩）（寄辛承旨）等作品就可以明显看出这一点。王国维认为，这些作品仅仅学到了辛词的“粗犷滑稽处”，而没有学到“佳处”。

⑥ 辛弃疾　摸鱼儿（淳熙己亥，自湖北漕移湖南，同官王正之置酒小山亭，为赋）

更能消、几番风雨，匆匆春又归去。惜春长怕花开早，何况落红无数。春且住。见说道、天涯芳草无归路。怨春不语。算只有殷勤，画檐蛛网，尽日惹飞絮。　长门事，准拟佳期又误。蛾眉曾有人妒。千金纵买相如赋，脉脉此情谁诉？君莫舞。君不见、玉环飞燕皆尘土！闲愁最苦。休去倚危栏，斜阳正在，烟柳断肠处。

贺新郎（别茂嘉十二弟。鹈鴂杜鹃实两种，见《离骚补注》）

绿树听鹈鴂。更那堪、鹧鸪声住，杜鹃声切。啼到春归无寻处，苦恨芳菲都歇。算未抵、人间离别。马上琵琶关塞黑，更长门翠辇辞金阙。看燕燕，送归妾。　将军百战声名裂。向河梁回头万里，故人长绝。易水萧萧西风冷，满座衣冠似雪。正壮士、悲歌未彻。啼鸟还知如许恨，料不啼、清泪长啼血。谁共我，醉明月！

祝英台近（晚春）

宝钗分，桃叶渡，烟柳暗南浦。怕上层楼，十日九风雨。断肠片片飞红，都无人管；更谁劝、啼莺声住？　　鬓边觑。试把花卜归期，才簪又重数。罗帐灯昏，哽咽梦中语：是他春带愁来，春归何处，却不解、带将愁去。（据《稼轩词编年笺注》）

《青玉案》（元夕），见第2条注③。

⑦ 语出萧统《陶渊明集序》，参见第62条注③。

⑧ 刘克庄《辛稼轩集序》云：“公所作大声镗鞳，小声铿訇，横绝六合，扫空万古，自有苍生以来所无。其秾纤绵密者亦不在小晏、秦郎之下。”（据《稼轩词编年笺注·附录》）

彭孙遹《金粟词话》云：“稼轩之词，胸有万卷，笔无点尘，激昂排宕，不可一世。”（据《词话丛编》本）

周济《介存斋论词杂著》云：“稼轩不平之鸣，随处辄发，有英雄语，无学问语，故往往锋颖太露。然其才情富艳，思力果锐，南北两朝，实无其匹，无怪流传之广且久也。”“后人以粗豪学稼轩，非徒无其才，并无其性。稼轩固是才大，然情至处，后人万不能及。”

刘熙载《艺概·词曲概》云："稼轩词龙腾虎掷，任古书中理语、廋语，一经运用，便得风流，天姿是何夐异！""苏、辛皆至情至性人，故其词潇洒卓荦，悉出于温柔敦厚。世或以粗犷托苏辛，固宜有视苏、辛为别调者哉！"

谢章铤《赌棋山庄词话》云："学稼轩，要于豪迈中见精致。近人学稼轩，只学得莽字、粗字，无怪阑入打油恶道。试取辛词读之，岂一味叫嚣者所能望其顶踵？""晏、秦之妙丽，源于李太白、温飞卿；姜、史之清真，源于张志和、白香山。惟苏、辛在词中，则藩篱独辟矣。读苏、辛词，知词中有人，词中有品，不能自为菲薄。然辛以毕生精力注之，比苏尤为横出。"（据《词话丛编》本）

陈廷焯《白雨斋词话》云："辛稼轩，词中之龙也，气魄极雄大，意境却极沉郁。不善学之，流入叫嚣一派，论者遂集矢于稼轩，稼轩不受也。"

12（49）

周介存[①]谓：梦窗词之佳者，如“水光云影，摇荡绿波，抚玩无极，追寻已远。”[②]余览《梦窗甲乙丙丁稿》中，实无足当此者。有之，其唯“隔江人在雨声中，晚风菰叶生秋怨”[③]二语乎？

〔注〕

① 周介存　周济（1781—1839），字保绪，一字介存，晚号止庵，清代词人、词论家。

② 周济《介存斋论词杂著》云：“梦窗非无生涩处，总胜空滑。况其佳者，天光云影，摇荡绿波；抚玩无斁，追寻已远。”

③ 吴文英　踏莎行

润玉笼绡，檀樱倚扇。绣圈犹带脂香浅。榴心空叠舞裙红。艾枝应压愁鬟乱。　午梦千山，窗阴一箭。香瘢新褪红丝腕。隔江人在雨声中，晚风菰叶生秋怨。（据《全宋词》）

13（删1）

白石之词，余所最爱者亦仅二语，曰：“淮南皓月冷千山，冥冥归去无人管。”①

〔注〕

① 姜夔　踏莎行（自沔东来，丁未元日，至金陵，江上感梦而作）

燕燕轻盈，莺莺娇软，分明又向华胥见。夜长争得薄情知？春初早被相思染。　别后书辞，别时针线，离魂暗逐郎行远。淮南皓月冷千山，冥冥归去无人管。（据夏承焘《姜白石词编年笺校》，中华书局本）

14（50）

梦窗之词，吾得取其词中之一语以评之，曰：“映梦窗凌乱碧。”① 玉田② 之词，亦得取其词中之一语以评之，曰：“玉老田荒。”③

〔注〕

① 吴文英　秋思（荷塘为括苍名姝求赋其听雨小阁）

堆枕香鬟侧。骤夜声、偏称画屏秋色。风碎串珠，润侵歌板，愁压眉窄。动罗箑清商，寸心低诉叙怨抑。映梦窗，零乱碧。待涨绿春深，落花香汛，料有断红流处，暗题相忆。　　欢酌。檐花细滴。送故人、粉黛重饰。漏侵琼瑟。丁东敲断，弄晴月白。怕一曲、霓裳未终，催去骖凤翼。叹谢客、犹未识。漫瘦却东阳，灯前无梦到得。路隔重云雁北。（据《全宋词》）

② 玉田　张炎（1248—？），字叔夏，号玉田、乐笑翁，南宋词人、词论家。

③ 张炎　祝英台近（与周草窗话旧）

水痕深，花信足，寂寞汉南树。转首青荫，芳事顿如许。不知多少消魂，夜来风雨。犹梦到、断红流处。　　最无据。长年息影空山，愁入庾郎句。玉老田荒，心事已迟暮。几回听得啼鹃，不如归去。终不似、旧时鹦鹉。（据《全宋词》）

王国维对于南宋姜夔以下的格律派词人基本上持否定态度（参见第23条）。这一条以“映梦窗凌乱碧”评吴文英词（六字中“梦窗”为吴文英号，实际上是以“凌乱”二字作为吴词评语），以“玉老田荒”评张炎词（四字中“玉田”为张炎号，实际上是以“老”“荒”二字作为张词评语）正具体表现了这种观点。吴、张词，历代词论家虽也有人表示不满，但大体上持肯定态度者居多，现辑录有关评论，以资参照。

论吴文英词：

尹焕云：“求词于吾宋者，前有清真，后有梦窗，此非焕之言，四海之公言也。”（《花庵词选》引）

张炎《词源》云：“吴梦窗词，如七宝楼台，眩人眼目，碎拆下来，不成片段。”

沈义父《乐府指迷》云：“梦窗深得清真之妙，其失在用事下语太晦处，人不可晓。”

周济《宋四家词选目录序论》云：“梦窗奇思壮采，腾天潜渊，返南宋之清泚，为北宋之秾挚。”“梦窗立意高，取径远，皆非余子所及。惟过嗜饾饤，以此被议。若其虚实并到之作，虽清真不过也。”

况周颐《蕙风词话》云：“重者，沈著之谓。在气格，不在字句。于梦窗词庶几见之。即其芬菲铿丽之作，中间隽句艳字，莫不有沈挚之思，灏瀚之气，挟之以流转。今人玩索而不能尽，则其中所存者厚。沈著者，厚之发见乎外者也。”“梦窗与苏、辛二公，实殊流而同源。其见为不同，则梦窗致密其外耳。”（据《蕙风词话·人间词话》，人民文学出版社本）

陈洵《海绡说词》云：“天祚斯文，钟美君特，水楼赋笔，年少承平，使北宋之绪微而复振。尹焕谓‘前有清真，后有梦窗’，信乎其知言矣！”“飞卿严妆，梦窗亦严妆，惟其国色，所以为美。若不观其倩盼之质，而徒眩其珠翠，则飞卿且讥，何止梦窗。玉田所谓‘碎拆不成片段’者，眩其珠翠耳。”（据《词话丛编》本）

论张炎词：

仇远《山中白云序》云：“读《山中白云词》，意度超元，律吕协洽……方之古人，当与白石老仙相鼓吹。”“古人有言：铅汞交炼而丹成，情景交炼而词成，指迷妙诀，吾将从叔夏北面而求之。”（据《山中白云词》，光绪娱园刊本）

周济《宋四家词选目录序论》云：“玉田才本不高，专恃磨砻雕琢，装头作脚，处处妥当，后人翕然宗之。”（参见第65条注③。）

刘熙载《艺概·词曲概》云：“张玉田词，清远蕴藉，凄怆缠绵，大段瓣香白石，亦未尝不转益多师，即《探芳信》之次韵草窗，《琐窗寒》之悼碧山，《西子妆》之效梦窗可见。”

15（删2）

双声叠韵之论盛于六朝，唐人犹多用之。至宋以后则渐不讲，并不知二者为何物。乾嘉[①]间，吾乡周松霭先生春[②]著《杜诗双声叠韵谱括略》，正千余年之误，可谓有功文苑者矣。其言曰：“两字同母谓之双声，两字同韵谓之叠韵。”余按：用今日各国文法通用之语表之，则两字同一子音者谓之双声。（如《南史·羊元〔玄〕保传》之“官家恨狭，更广八分”，官、家、更、广四字皆从k得声。《洛阳伽蓝记》之“狞奴慢骂”，狞、奴二字皆从n得声，慢、骂二字皆从m得声是也。）两字同一母音者，谓之叠韵。（如梁武帝[③]之“后牖有朽柳”，后、牖、有三字双声而兼叠韵，有、朽、柳三字其母音皆为u。刘孝绰[④]之“梁皇长康强”，梁、长、强三字其母音皆为ian[⑤]也。）[⑥]自李淑[⑦]《诗苑》伪造沈约[⑧]之说，以双声叠韵为诗中八病之二[⑨]，后世诗家多废而不讲，亦不复用之于词。余谓苟于词之荡漾处用

叠韵，促节处用双声，则其铿锵可诵必有过于前人者。惜世之专讲音律者，尚未悟此也。（按：此条原已删去）

〔注〕

① 乾嘉　乾隆（1736—1795），清高宗弘历年号；嘉庆（1796—1820），清仁宗颙琰年号。

② 周松霭　周春，字屯兮，号松霭，清代学术家。

③ 梁武帝　名萧衍（464—549）。

④ 刘孝绰　（481—539），南北朝梁代文学家。

⑤ ian应为iang。

⑥ 葛立方《韵语阳秋》引陆龟蒙诗序："叠韵起自梁武帝，云：'后牖有朽柳。'当时侍从之臣皆倡和。刘孝绰云：'梁王长康强。'沈休文云：'偏眠船舷边。'庾肩吾云：'载碓每碍埭。'自后用此体作为小诗者多矣，如王融所谓'园蘅炫红花，湖行晔黄叶'，温庭筠所谓'栖息消心象，檐楹溢艳阳'，皆效双声而为之者也。"（据何文焕《历代诗话》，中华书局本）

⑦ 李淑　字献臣，北宋人，《宋史》有传（李若谷传附），有《诗苑类格》，佚。王应麟《玉海》"《宝元诗苑类格》"条："二年（宝元为宋仁宗年号，二年为

1039年——引者），翰林学士李淑承诏编为三卷。上卷首以真宗御制八篇，条解声律为常格，别二篇为变格，又以沈约而下二十二人评诗者次之。中卷叙古诗杂体三十门。下卷叙古人体制别有六十七门。”（据浙江书局本）

⑧ 沈约（441—513），字休文，南北朝梁代文学家。

⑨ 周春《杜诗双声叠韵谱括略》引李淑《诗苑》：“梁沈约云：诗病有八，……七曰旁纽，八曰正纽（谓十字内两字双声为“正纽”，若不共一字而有双声为“旁纽”，如“流六”为正纽，“流柳”为旁纽。”）。周春案：“正纽、旁纽，皆指双声而言，观神珙之图，自可悟入。若此注所云，则旁纽即叠韵矣，非。”（据旧刻本）

16（删3）

昔人但知双声之不拘四声，不知叠韵亦不拘平、上、去三声。凡字之同母者，虽平仄有殊皆叠韵也。（按：此条原已删去）

17（删4）

诗至唐中叶以后，殆为羔雁之具[①]矣。故五代北宋之诗，佳者绝少，而词则为其极盛时代。即诗词兼擅如永叔、少游者，亦词胜于诗远甚。以其写之于诗者，不若写之于词者之真也。至南宋以后，词亦为羔雁之具，而词亦替矣。此亦文学升降之一关键也。

〔校〕

此条亦见《文学小言》，但“故五代北宋之诗”下，王氏自注“除一二大家外”；“而词亦替矣”下，自注“除稼轩一人外”。

〔注〕

① 羔雁之具　羔雁，小羊与雁。古代卿大夫相见时的礼品。《礼记·曲礼》：“凡贽，天子鬯，诸侯圭，卿羔，大夫雁。”“羔雁之具”在这里意为礼聘应酬之物。

18（20）

冯正中词除《鹊踏枝》《菩萨蛮》[1]十数阙最煊赫外，如《醉花间》[2]之“高树鹊衔巢，斜月明寒草”，余谓韦苏州[3]之“流萤渡高阁”[4]，孟襄阳[5]之“疏雨滴梧桐”[6]不能过也。

〔注〕

① 冯延巳《阳春集》载《鹊踏枝》十四首，《菩萨蛮》九首，现各选三首。（另有三首《鹊踏枝》见第33条注①、第57条注④和第118条注④。）

鹊踏枝

谁道闲情抛掷久？每到春来，惆怅还依旧。日日花前常病酒，敢辞镜里朱颜瘦。　河畔青芜堤上柳。为问新愁，何事年年有？独立小楼风满袖，平林新月人归后。

萧索清秋珠泪坠。枕簟微凉，展转浑无寐。残酒欲醒中夜起，月明如练天如水。　阶下寒声啼络纬。庭树金风，悄悄重门闭。可惜旧欢携手地，思量一夕成憔悴。

六曲阑干偎碧树。杨柳风轻，展尽黄金缕。谁把钿筝移玉柱？穿帘海燕惊飞去。　　满眼游丝兼落絮。红杏开时，一霎清明雨。浓醉觉来莺乱语，惊残好梦无寻处。

菩萨蛮

梅花吹入谁家笛？行云半夜凝空碧。攲枕不成瞑，关山人未还。声随幽怨绝，空断澄霜月。月影下重簷，轻风花满帘。

西风嫋嫋凌歌扇，秋期正与行人远。花叶脱霜红，流萤残月中。兰闺人在否，千里重楼暮。翠被已销香，梦随寒漏长。

攲鬟堕髻摇双桨，采莲晚出清江上。顾影约流萍，楚歌娇未成。相逢颦翠黛，笑把珠珰解。家住柳阴中，画桥东复东。（据《阳春集》四印斋本）

② 冯延巳　醉花间

晴雪小园春未到。池边梅自早。高树鹊衔巢，斜月明寒草。　　山川风景好。自古金陵道。少年看却老。相逢莫厌醉金杯，别离多，欢会少。（同上）

③ 韦苏州　韦应物（737—约790），唐代诗人，曾任苏州刺史。

④ 韦应物　寺居独夜寄崔主簿

幽人寂不寐，木叶纷纷落。寒雨暗深更，流萤渡高阁。

坐使青灯晓，还伤夏衣薄。宁知岁方晏，离居更萧索。（据《全唐诗》）

⑤ 孟襄阳　孟浩然（689或691—740），唐代诗人，襄阳人。

⑥ 王士源《孟浩然集序》云："（浩然）间游秘省，秋月新霁，诸英华赋诗作会。浩然句云：'微云淡河汉，疏雨滴梧桐。'举坐嗟其清绝，咸阁笔不复为继。"（据《孟浩然集》，四部备要本）

19（21）

欧九《浣溪沙》[①]词"绿杨楼外出秋千"。晁补之[②]谓只一"出"字便后人所不能道。[③]余谓此本于正中《上行杯》[④]词"柳外秋千出画墙"，但欧语尤工耳。

〔注〕

① 欧阳修　浣溪沙

堤上游人逐画船，拍堤春水四垂天，绿杨楼外出秋千。　白发戴花君莫笑，六么催拍盏频传，人生何处似尊前？（据《全宋词》）

② 晁补之（1053—1110），字无咎，号归来子，北宋文学家。

③ 吴曾《能改斋漫录》引晁无咎评本朝乐章云："欧阳永叔《浣溪沙》云：'堤上游人逐画船，拍堤春水四垂天。绿杨楼外出秋千。'要皆绝妙。然只一'出'字自是后人道不到处。"（据中华书局本，下册）龙榆生《唐宋名家词选》云："唐王摩诘寒食城东即事诗云：'蹴鞠屡过飞鸟上，秋千竞出垂杨里。'欧公用'出'字，盖本此。"（据上海古籍出版社本）

④ 冯延巳　上行杯

落梅著雨消残粉，云重烟轻寒食近。罗幕遮香，柳外秋千出画墙。　　春山颠倒钗横凤，飞絮入帘春睡重。梦里佳期，祇许庭花与月知。（据《阳春集》）

20（36）

美成《青玉案》[①]词"叶上初阳干宿雨。水面清圆，一一风荷举"。此真能得荷之神理者。[②]觉白石《念奴娇》《惜红衣》[③]二词犹有隔雾看花之恨。

〔注〕

①《青玉案》应作《苏幕遮》。

周邦彦　苏幕遮

燎沉香，消溽暑。鸟雀呼晴，侵晓窥檐语。叶上初阳干宿雨。水面清圆，一一风荷举。　　故乡遥，何日去。家住吴门，久作长安旅。五月渔郎相忆否。小楫轻舟，梦入芙蓉浦。（据《全宋词》）

② 所谓“得荷之神理”，即“模写物态，曲尽其妙”。（参见《人间词话附录》（一）第4条）

③ 姜夔　念奴娇

［予客武陵，湖北宪治在焉。古城野水，乔木参天，予与二三友日荡舟其间，薄荷花而饮。意象幽闲，不类人境。秋水且涸，荷叶出地寻丈，因列坐其下，上不见日，清风徐来，绿云自动，间于疏处窥见游人画船，亦一乐也。朅来吴兴，数得相羊荷花中。又夜泛西湖，光景奇特。故以此句写之。］

闹红一舸，记来时尝与鸳鸯为侣。三十六陂人未到，水佩风裳无数。翠叶吹凉，玉容销酒，更洒菰蒲雨。嫣然摇动，冷香飞上诗句。　　日暮青盖亭亭，情人不见，争忍凌波去。只恐舞衣寒易落，愁入西风南浦。高柳垂阴，老鱼吹浪，留我花间住。田田多少，几回沙际归路。

惜红衣

［吴兴号水晶宫，荷花盛丽。陈简斋云：“今年何以报君恩？一路荷花相送到青墩。”亦可见矣。丁未之夏，予游千岩，数往来红香中，自度此曲，以无射宫歌之。］

簟枕邀凉，琴书换日，睡余无力。细洒冰泉，并刀破甘碧。墙头唤酒，谁问讯城南诗客。岑寂，高柳晚蝉，说西风消息。　　虹梁水陌，鱼浪吹香，红衣半狼藉。维舟试望，故国眇天北。可惜渚边沙外，不共美人游历。问甚时同赋、三十六陂秋色。（据《姜白石词编年笺校》）

21（删5）

曾纯甫[①]中秋应制作《壶中天慢》[②]词。自注云：“是夜西兴亦闻天乐。”谓宫中乐声闻于隔岸也。[③]毛子晋[④]谓：“天神亦不以人废言。”[⑤]近冯梦华[⑥]复辨其诬。[⑦]不解“天乐”二字文义，殊笑人也。

〔注〕

① 曾纯甫　曾觌（1109—1180），字纯甫，南宋词人。

② 曾觌　壶中天慢

［此进御月词也。上皇大喜曰："从来月词不曾用'金瓯'事，可谓新奇。"赐金束带、紫番罗、水晶碗，上亦赐宝盏。至一更五点还宫。是夜西兴亦闻天乐焉。］

素飙漾碧，看天衢稳送、一轮明月。翠水瀛壶人不到，比似世间秋别。玉手瑶笙，一时同色，小按霓裳叠。天津桥上，有人偷记新阕。　　当日谁幻银桥，阿瞒儿戏，一笑成痴绝。肯信群仙高宴处，移下水晶宫阙。云海尘清，山河影满，桂冷吹香雪。何劳玉斧，金瓯千古无缺。（据《宋六十名家词·海野词》，四部备要本）

③ 四水潜夫（周密）辑《武林旧事》云："淳熙九年八月十五日，……上皇（宋高宗——引者）曰：'今日中秋，天气甚清，夜间必有好月色，可少留看月了去。'上（宋孝宗——引者）恭领圣旨，……待月初上，箫韶齐兴，缥缈相应，如在霄汉。……侍宴官开府曾觌恭上《壶中天慢》一首（略，见注②——引者）。上皇曰：'从来月词不曾用金瓯事，可谓新奇。'赐金束带、紫番罗、

水晶碗一副。上亦赐宝盏古香。至一更五点还内。是夜隔江西兴，亦闻天乐之声。”（据西湖书社本）

④ 毛子晋　毛晋（1599—1659），字子晋，明末清初藏书家、出版家。

⑤ 毛晋跋《海野词》：“（曾觌）不时赋词进御，赏赉甚渥。至进月词一夕，西兴共闻天乐，岂天神亦不以人废言耶？”（同上）

⑥ 冯梦华　冯煦（1843—1927），字梦华，号蒿庵，近代词论家。

⑦ 冯煦《蒿庵论词》云：“曾纯甫赋进御月词，其自记云：‘是夜西兴亦闻天乐。’子晋遂谓天神亦不以人废言。不知宋人每好自神其说。白石道人尚欲以巢湖风驶归功于《平调满江红》，于海野何讥焉？”（据《介存斋论词杂著·复堂词话·蒿庵论词》）

22（42）

古今词人格调之高无如白石。惜不于意境上用力，故觉无言外之味，弦外之响[1]，终落第二手。（按：此五字原已删去）其志清峻则有之，其旨遥深则未也。[2]

〔校〕

“终落第二手”至“其旨遥深则未也”，通行本作“终不能与于第一流之作者也”。

〔注〕

① 司空图《与李生论诗书》云：“文之难而诗尤难。古今之喻多矣，愚以为辨于味而后可以言诗也。江岭之南，凡足资于适口者，若醯、非不酸也，止于酸而已；若鹾、非不咸也，止于咸而已，中华之人所以充饥而遽辍者，知其咸酸之外，醇美有所乏耳。……近而不浮，远而不尽，然后可以言韵外之致耳。”（据《诗品集解·续诗品注》，人民文学出版社本）

② 陈郁《藏一话腴》云：“白石道人姜尧章……意到语工，不期于高远而自高远。”（据《豫章丛书》本）

张炎《词源》云：“词要清空，不要质实；清空则古雅峭拔，质实则凝涩晦昧。姜白石词如野云孤飞，去留无迹。”

刘熙载《艺概·词曲概》云：“姜白石词幽韵冷香，令人挹之无尽。拟诸形容，在乐则琴，在花则梅也。词家称白石曰白石老仙。或曰：毕竟与何仙相似？曰：藐姑冰雪盖为近之。”

周济《介存斋论词杂著》云：“白石词如明七子诗，看是高格响调，不耐人细思。”

陈廷焯《白雨斋词话》云：“白石词，以清虚为体，而时有阴冷处，格调最高。”

23（删35）

梅溪[①]、梦窗、中仙[②]（按：二字原已删去）、玉田、草窗[③]、西麓[④]诸家，词虽不同，然同失之肤浅。虽时代使然，亦其才分有限也。近人弃周鼎而宝康瓠[⑤]，实难索解。

〔注〕

① 梅溪　史达祖，字邦卿，号梅溪，南宋词人。

② 中仙　王沂孙，字圣与，号碧山、中仙，南宋词人。

③ 草窗　周密（1232—约1298），字公谨，号草窗、蘋洲、四水潜夫，南宋文学家。

④ 西麓　陈允平（1205？—1285？），字君衡，号西麓，南宋词人。

⑤ 贾谊《吊屈原》：“乌虖哀哉兮，逢时不祥！……斡弃

周鼎，宝康瓠兮。腾驾罢牛，骖蹇驴兮。骥垂两耳，服盐车兮。”（注：斡，转也。康瓠，瓦盆底也。蹇，跛也。骥，骏马也。）（据朱熹《楚辞集注》）

24

余填词不喜作长调，尤不喜用人韵。偶尔游戏，作《水龙吟》咏杨花用质夫①、东坡倡和韵②，作《齐天乐》咏蟋蟀用白石韵③，皆有与晋代兴④之意。余之所长殊不在是，世之君子宁以他词称我。

〔注〕

① 质夫　章楶，字质夫。他的《水龙吟（杨花）》和苏轼的和作参见第27条注①②。

② 王国维　水龙吟（杨花。用章质夫苏子瞻唱和均）

开时不与人看，如何一霎濛濛坠。日长无绪，回廊小立，迷离情思。细雨池塘，斜阳院落，重门深闭。正参差欲住，轻衫掠处，又特地因风起。　　花事阑珊到汝，更休寻、满枝琼缀。算人只合，人间哀乐，者般零碎。一样飘零，宁为尘土，勿随流水。怕盈盈、一片春

江，都贮得离人泪。（据《海宁王静安先生遗书·苕华词》）

③ 姜夔　齐天乐

［丙辰岁，与张功父会饮张达可之堂，闻屋壁间蟋蟀有声，功父约予同赋，以授歌者；功父先成，辞甚美；予徘徊茉莉花间，仰见秋月，顿起幽思，寻亦得此。蟋蟀中都呼为促织，善斗。好事者或以三、二十万钱致一枚，镂象齿为楼观以贮之。］

庾郎先自吟愁赋，凄凄更闻私语。露湿铜铺，苔侵石井，都是曾听伊处。哀音似诉，正思妇无眠，起寻机杼。曲曲屏山，夜凉独自甚情绪。　　西窗又吹暗雨。为谁频断继，相和砧杵。候馆迎秋，离宫吊月，别有伤心无数。豳诗漫与，笑篱落呼灯，世间儿女。写入琴丝，一声声更苦。（宣政间，有士大夫制蟋蟀吟）

（据《姜白石词编年笺校》）

王国维　齐天乐（蟋蟀。用姜石帚原均）

天涯已自愁秋极，何须更闻虫语。乍响瑶阶，旋穿绣闼，更入画屏深处。喁喁似诉。有几许哀丝，佐伊机杼。一夜东堂，暗抽离恨万千绪。　　空庭相和秋雨。又南城罢柝，西院停杵。试问王孙，苍茫岁晚，那有闲愁

无数。宵深谩与。怕梦稳春酣，万家儿女。不识孤吟，劳人床下苦。（据《海宁王静安先生遗书·苕华词》）

④ 与晋代兴　语出《国语·郑语》史伯为桓公（周厉王少子——引者）论兴衰：“（桓）公曰：‘若国衰，诸姬其孰兴？’对曰：‘……武王之子，应韩不在，其在晋乎！’……及平王之末，而秦、晋、齐、楚代兴。”王国维在这里是说自己和韵词，继承了古人的长处，与古人原作相比毫无愧色。

25（删36）

余友沈昕伯纮[①]自巴黎寄余《蝶恋花》一阕云：“帘外东风随燕到。春色东来，循我来时道。一霎围场生绿草，归迟却怨春来早。　锦绣一城春水绕。庭院笙歌，行乐多年少。著意来开孤客抱，不知名字闲花鸟。”此词当在晏氏父子[②]间，南宋人不能道也。

〔注〕

① 沈纮，字昕伯，王国维就读于东文学社时同学。

② 晏氏父子　指北宋词人晏殊和晏几道（字叔原，号小

山，殊第七子）。

26

樊抗夫[①]谓余词如《浣溪沙》之“天末同云”、《蝶恋花》之“昨夜梦中”“百尺高楼”“春到临春”[②]等阕，凿空而道，开词家未有之境。余自谓才不若古人，但于力争第一义处，古人亦不如我用意耳。

〔注〕

① 樊炳清，字抗夫，王国维就读于东文学社时同学。

② 王国维　浣溪沙

天末同云黯四垂，失行孤雁逆风飞。江湖寥落尔安归？　陌上金丸看落羽，闺中素手试调醯。今朝欢宴胜平时。

蝶恋花

昨夜梦中多少恨。细马香车，两两行相近。对面似怜人瘦损，众中不惜搴帷问。　陌上轻雷听隐辚。梦里难从，觉后那堪讯？蜡泪窗前堆一寸，人间只有相思分。

百尺朱楼临大道。楼外轻雷，不闲昏和晓。独倚阑干人窈窕，闲中数尽行人少。　　一霎车尘生树杪。陌上楼头，都向尘中老。薄晚西风吹雨到，明朝又是伤流潦。

春到临春花正妩。迟日阑干，蜂蝶飞无数。谁遣一春抛却去，马蹄日日章台路。　　几度寻春春不遇。不见春来，那识春归处？斜日晚风杨柳渚，马头何处无飞絮。（据《海宁王静安先生遗书·苕华词》）

27（37）

东坡杨花词[①]和韵而似原唱，章质夫词[②]原唱而似和韵。才之不可强也如是。[③]

〔注〕

① 苏轼　水龙吟（次韵章质夫杨花词）

似花还似非花，也无人惜从教坠。抛家傍路，思量却是，无情有思。萦损柔肠，困酣娇眼，却开还闭。梦随风万里，寻郎去处。又还被、莺呼起。　　不恨此花飞尽，恨西园、落红难缀。晓来雨过，遗踪何在？一池萍碎。春色三分，二分尘土，一分流水。细看来，不是杨花，点点是离人泪。（据龙榆生《东坡乐府笺》）

② 章楶　水龙吟

燕忙莺懒花残，正堤上，柳花飘坠。轻飞乱舞，点画青林，全无才思。闲趁游丝，静临深院，日长门闭。傍珠帘散漫，垂垂欲下，依前被、风扶起。　兰帐玉人睡觉，怪春衣、雪霑琼缀。绣床渐满，香毬无数，才圆却碎。时见蜂儿，仰黏轻粉，鱼吞池水。望章台路杳，金鞍游荡，有盈盈泪。（据《草堂诗余》，四印斋刻本）

③ 关于这两首词的高低优劣，历来有不同意见。

朱弁《曲洧旧闻》云："章楶质夫作《水龙吟》咏杨花，其命意用事清丽可喜。东坡和之，若豪放不入律吕。徐而视之，声韵谐婉，便觉质夫词有织绣工夫。晁叔用云：'东坡如毛嫱、西施，净洗却面与天下妇人斗好，质夫岂可比耶？'"（据《知不足斋丛书》本）

魏庆之《诗人玉屑》云："章质夫咏杨花词，东坡和之。晁叔用云（见前引，略——引者），是则然矣。余以为质夫词中，所谓'傍珠帘散漫，垂垂欲下，依前被、风扶起'，亦可谓曲尽杨花妙处。东坡所和虽高，恐未能及。诗人议论不公如此耳。"（据中华书局本，下册）

张炎《词源》云："东坡次章质夫杨花《水龙吟》韵，机锋相摩，起句便合让东坡出一头地，后片愈出愈奇，真是压倒今古。”

许昂霄《词综偶评》云：“（和作）与原作均是绝唱，不容妄为轩轾。”（据《词话丛编》本）

28

叔本华[①]曰：“抒情诗，少年之作也。叙事诗及戏曲，壮年之作也。”余谓：抒情诗，国民幼稚时代之作也。叙事诗，国民盛壮时代之作也。故曲则古不如今。（元曲诚多天籁，然其思想之陋劣，布置之粗笨，千篇一律令人喷饭。[②]至本朝之《桃花扇》《长生殿》[③]诸传奇，则进矣。）词则今不如古。盖一则以布局为主，一则须伫兴而成故也。

〔注〕

① 叔本华（1788—1860），德国唯心主义哲学家。他在《世界是意志和表象》中说：“少年人仅仅只适于作抒情诗，并且要到成年人才适于写戏剧。至于老年人，最多只能想象他们是史诗的作家。”（据石冲白译本，书名译为《作为意志和表象的世界》）

② 随着对中国古代戏曲史研究的进展，王国维对元杂剧的

看法有了很大的发展和变化。在随后的戏曲研究专著中，他对元曲给以高度评价。他说：“凡一代有一代之文学：楚之骚、汉之赋、六朝之骈语、唐之诗、宋之词、元之曲，皆所谓一代之文学，而后世莫能继焉者也。”“往者读元人杂剧而善之，以为能道人情，状物态，词采俊拔而出乎自然，盖古所未有，而后人所不能仿佛也。”（《宋元戏曲考序》）“元曲之佳处何在？一言以蔽之，曰：自然而已矣。古今之大文学，无不以自然胜，而莫著于元曲。”（《宋元戏曲考》）“明昌一编，尽金源之文献；吴兴《百种》，抗皇元之风雅，百年之风会成焉，三朝之人文系焉。”（《曲录自序》，以上均据《王国维戏曲论文集》）

③《桃花扇》和《长生殿》是清代传奇中最著名的作品。前者作者为孔尚任（1648—1718），后者作者为洪昇（1645？—1704）。

29（删6）

北宋名家以方回[①]为最次，其词如历下、新城[②]之诗，非不华赡，惜少真味。[③]至宋末诸家[④]，仅可譬之腐烂制艺[⑤]，乃诸家之享重名者且数百年，始知世之幸人不独曹蜍、李志[⑥]也。[⑦]（按："至宋末诸家……不独曹蜍、李志也"，原已删去）

〔校〕

通行本无王氏原已删去之一段。

〔注〕

① 方回　贺铸（1052—1125），字方回，北宋词人。

② 历下、新城　历下，李攀龙（1514—1570），字于鳞，号沧溟，历城（今山东济南）人，明代作家，"后七子"之一。新城，王士禛（1634—1711），字贻上，号阮亭，别号渔洋山人，新城（今山东垣台）人，清代作家。

③ 王国维《文学小言》云："宋以后之能感自己之感，言自己之言者，其惟东坡乎！山谷可谓能言其言矣，未可谓能感所感也。遗山以下亦然。若国朝之新城，岂徒言一人之言而已哉，所谓'莺偷百鸟声'者也。"

（据《海宁王静安先生遗书·静庵文集续编》）

④ 宋末诸家　指南宋词人史达祖、吴文英、陈允平、周密、王沂孙、张炎等人。参见第23条。

⑤ 制艺　科举考试的八股文。

⑥ 刘义庆《世说新语》：“（庾道季云）‘廉颇、蔺相如虽千载上死人，懔懔恒如有生气；曹蜍、李志虽见在，厌厌如九泉下人’。”（据四部备要本）

⑦ 贺铸词，宋人一般评价比较高。张耒云：贺词“高绝一世”，“夫其盛丽如游金、张之堂，而妖冶如揽嫱、施之袪，幽洁如屈、宋，悲壮如苏、李”。（《东山词序》）王灼称其能“自成一家”（《碧鸡漫志》）。陆游称其“诗文皆高，不独工长短句也”（《老学庵笔记》）。张炎称其“善于炼字面”（《词源》）。李清照对贺铸有微词，云：“贺词苦少典重。”（《苕溪渔隐丛话》引）

清代浙派和常州派词论家一般也不否定贺铸。清末陈廷焯对贺词评价甚高：“方回词，胸中眼中，另有一种伤心说不出处，全得力于楚骚而运以变化，允推神品。”“方回词极沈郁，而笔势却又飞舞，变化无端，不可方物，吾乌乎测其所至。”（《白雨斋词话》）此外，刘体仁云："惟片言而居要，乃一篇之警策。词有警句则全首俱动。若贺方回，非不楚楚，总拾人牙慧，何足比数。"（《七颂堂词绎》）这和王氏意见相近。

30（删7）

散文易学而难工，骈文难学而易工。近体诗易学而难工，古体诗难学而易工。小令易学而难工，长调难学而易工。

〔校〕

王国维之意似为：格律较为简单，形式较为自由者"易学而难工"；格律严格或繁复者"难学而易工"。若此理解不误，则"近体诗易学而难工，古体诗难学而易工"系王氏笔误，当改为"古体诗易学而难工，近体诗难学而易工"。

31（1）

词以境界为最上。有境界则自成高格，自有名句。① 五代北宋之词所以独绝者在此。

〔注〕

① 王国维云："原夫文学之所以有意境者，以其能观也。出于观我者，意余于境。而出于观物者，境多于意。然非物无以见我，而观我之时又自有我在。故二者常互相错综，能有所偏重，而不能有所偏废也。文学之工不工，亦视意境之有无与其深浅而已。"（参见《人间词话附录》（一）第2条）"山谷云：'天下清景，不择贤愚而与之，然吾特疑端为我辈设。'诚哉是言！抑岂独清景而已，一切境界无不为诗人设。世无诗人即无此种境界。夫境界之呈于吾心而见于外物者，皆须臾之物。惟诗人能以此须臾之物，镌诸不朽之文字，使读者自得之。遂觉诗人之言，字字为我心中所欲言，而又非我之所能自言，此大诗人之秘妙也。"（参见《人间词话附录》（一）第5条）"文学中有二原质焉：曰景，曰情。前者以描写自然及人生之事实为主，后者则吾人对此种事实之精神的态度也。故前者客观的，后者主观的也；前者知识的，后者感情的也。自一方面言之，则必吾人之胸中洞然无物，而后其观物也深，而其体物也切，即客观的知识，实与主观的情感为反

比例。自他方面言之，则激动之感情，亦得为直观之对象、文学之材料，而观物与其描写之也，亦有无限之快乐伴之。要之，文学者，不外知识与感情交代之结果而已。苟无锐敏之知识与深邃之感情者，不足与于文学之事。”（《文学小言》）“文学之事，其内足以摅己，而外足以感人者，意与境二者而已。上焉者意与境浑，其次或以境胜，或以意胜。苟缺其一，不足以言文学。”（参见《人间词话附录》（一）第2条）“诗歌之题目，皆以描写自己深邃之感情为主。其写景物也，亦必以自己深邃之感情为之素地，而始得于特别之境遇中，用特别之眼观之。”（《屈子文学之精神》，以上均据《海宁王静安先生遗书》）

叔本华《世界是意志和表象》云：“抛开个人利害关系，抛开主观成分，纯粹客观地观察事物，并且全神贯注在事物上……以前在意志之路上追求而往往失诸［之］交臂的宁静心情便立刻不促而至，那就对我们好极了。这是绝无痛苦的境界，伊壁鸠鲁把它推崇为最高的善神的境界，……伊克西翁的飞轮屹然停止。”“天才的本质就在于从事这种静观的卓越能力。”“（天才）有充分的自觉，使人能以深思熟虑的技巧来再现所体会到的东西。把在心中浮动的飘忽的形象固定为经久的思想。”（据缪灵珠先生未刊译稿，以下凡引叔本华语均据此，不另注。）

刘勰《文心雕龙·物色》云：“岁有其物，物有其容；情以物迁，辞以情发。……诗人感物，联类不穷；流连万象之际，沈吟视听之区；写气图貌，既随物以宛转；属采附声，亦与心而徘徊。”（据范文澜《文心雕龙注》，人民文学出版社本）

欧阳修《六一诗话》引梅尧臣语云：“状难写之景，如在目前；含不尽之意，见于言外。”（据《六一诗话·白石诗说·滹南诗话》，人民文学出版社本）

姜夔《白石诗说》云：“意中有景，景中有意。”（同上）

范晞文《对床夜语》评杜诗云：“景无情不发，情无景不生。”“情景相触而莫分。”（据《知不足斋丛书》本）

黄昇《花庵词选》引姜夔论史达祖词云：“融情景于一家，会句意于两得。”

张炎《词源》云：“情景交炼，得言外意。”

谢榛《四溟诗话》云：“作诗本乎情景，孤不自成，两不相背。……景乃诗之媒，情乃诗之胚，合而为诗，以数言而统万形，元气浑成，其浩无涯矣。”“凡作诗要

情景俱工。”（据《四溟诗话·姜斋诗话》，人民文学出版社本）

王夫之《姜斋诗话》云：“情景虽有在心在物之分。而景生情，情生景，哀乐之触，荣悴之迎，互藏其宅。”“情景名为二，而实不可离。神于诗者，妙合无垠。巧者则有情中景，景中情。”（同上）

宋徵璧云：“情景者，文章之辅车也。故情以景幽，单情则露；景以情妍，独景则滞。今人景少情多。当是写及月露，虑鲜真意。然善述情者，多寓诸景，梨花、榆火、金井、玉钩，一经染翰，使人百思，哀乐移神，不在歌恸也。”（沈雄《古今词话》引，据《词话丛编》本）

况周颐《蕙风诗话》云：“词境以深静为至。韩持国《胡捣练令》过拍云：‘燕子渐归春悄。帘幕垂清晓。’境至静矣，而此中有人，如隔蓬山。思之思之，遂由浅而见深。盖写景与言情，非二事也。善言情者，但写景而情在其中。此等境界，唯北宋人词往往有之。”

32（2）

有造境，有写境。此理想与写实二派之所由分。然二者颇难区别。因大诗人所造之境，必合乎自然，所写之境，必邻于理想故也。[①]

〔注〕

① 参见第37条注。

33（3）

有有我之境，有无我之境。“泪眼问花花不语，乱红飞过秋千去”[①]，“可堪孤馆闭春寒，杜鹃声里斜阳暮”[②]，有我之境也。“采菊东篱下，悠然见南山”[③]，“寒波淡淡起，白鸟悠悠下”[④]，无我之境也。有我之境，物皆著我之色彩。[⑤]无我之境，不知何者为我，何者为物。[⑥]此即主观诗与客观诗之所由分也。（按：此十四字原已删去）古人为词，写有我之境者为多，然非不能写无我之境，此在豪杰之士能自树立耳。

〔校〕

“有我之境，物皆著我之色彩。无我之境，不知何者为我，何者为物。”通行本作：“有我之境，以我观物，⑦故物皆著我之色彩。无我之境，以物观物，⑧故不知何者为我，何者为物。”又，无“此即主观诗与客观诗之所由分也。”

〔注〕

① 冯延巳　鹊踏枝

庭院深深深几许？杨柳堆烟，帘幕无重数。玉勒雕鞍游冶处，楼高不见章台路。　雨横风狂三月暮。门掩黄昏，无计留春住。泪眼问花花不语，乱红飞过秋千去。（据《阳春集》）

② 秦观　踏莎行

雾失楼台，月迷津渡。桃源望断无寻处。可堪孤馆闭春寒，杜鹃声里斜阳暮。　驿寄梅花，鱼传尺素。砌成此恨无重数。郴江幸自绕郴山，为谁流下潇湘去？（据《全宋词》）

③ 陶潜　饮酒二十首（之五）

结庐在人境，而无车马喧。问君何能尔，心远地自偏。采菊东篱下，悠然见南山。山气日夕佳，飞鸟相与还。此还有真意，欲辨已忘言。（据逯钦立校注《陶渊明集》，中华书局本）

④ 元好问　颍亭留别（同李治仁卿、张肃子敬、王元亮子正分韵得“画”字）

故人重分携，临流驻归驾。乾坤展清眺，万景若相借。北风三日雪，太素秉元化。九山郁峥嵘，了不受陵跨。寒波澹澹起，白鸟悠悠下。怀归人自急，物态本闲暇。壶觞负吟啸，尘土足悲咤。回首亭中人，平林澹如画。（据《元诗别裁集》，上海古籍出版社本）

⑤ 叔本华《世界是意志和表象》云：“在抒情诗和抒情的心境中，……主观的心情，意志的影响，把它的色彩染上所见的环境。”

⑥ 叔本华《世界是意志和表象》云：“每当我们达到纯粹客观的静观心境，从而能够唤起一种幻觉，仿佛只有物而没有我存在的时候，……物与我就完全溶为一体。”

⑦ ⑧ 邵雍《皇极经世·绪言》云：“圣人之所以能一万物之情者，谓其能反观也。所以谓之反观者，不以我观物也。不以我观物者，以物观物之谓也。既能以物观

物，又安有（我）于其间哉。”“以物观物，性也；以我观物，情也。性公而明，情偏而暗。”（黄粤洲注云：“皇极以观物也，即本物之理观乎本物，则观者非我，物之性也。若我之意观乎是物，则观者非物，我之情也。性乃公，公乃明。情乃偏，偏致暗。”）（据四部备要本）

34（删8）

古诗云：“谁能思不歌？谁能饥不食？”[①] 诗词者，物之不得其平而鸣者也。[②]故“欢愉之辞难工，愁苦之言易巧”[③]。

〔注〕

① 郭茂倩编《乐府诗集》《子夜歌》：“谁能思不歌？谁能饥不食？日冥当户倚，惆怅底不忆？”（据四部备要本）

② 韩愈《送孟东野序》云：“大凡物不得其平则鸣，……人之于言也亦然。有不得已者而后言，其歌也有思，其哭也有怀。凡出乎口而为声者，其皆有弗平者乎？”（据《韩昌黎集》，国学基本丛书本）

③ 韩愈《荆潭倡和诗序》云："夫和平之音淡薄，而愁思之声要妙，欢愉之辞难工，而穷苦之言易好也。是故文章之作，恒发于羁旅草野。至若王公贵人，气满志得，非性能而好之，则不暇以为。"（同上）

朱彝尊《紫云词序》云："昌黎子曰：'欢愉之辞难工，愁苦之言易好。'斯亦善言诗矣。至于词，或不然。大都欢愉之词，工者十九，而言愁苦者，十一焉耳。故诗际兵戈俶扰流离琐尾，而作者愈工。词则宜于宴嬉逸乐，以歌咏太平，此学士大夫并存焉而不废也。"（据《曝书亭全集》，四部备要本）

陈廷焯《白雨斋词话》云："诗以穷而后工，倚声亦然。故仙词不如鬼词，哀则幽郁，乐则浅显也。"

35（6）

境非独谓景物也，感情亦人心中之境界。故能写真景物、真感情者谓之有境界，否则谓之无境界。①

〔校〕

"感情"，通行本作"喜怒哀乐"。

〔注〕

① 王国维《文学小言》云："'燕燕于飞，差池其羽'。'燕燕于飞，颉之颃之'。'睍睆黄鸟，载好其音'。'昔我往矣，杨柳依依'。诗人体物之妙，侔于造化，然皆出于离人孽子征夫之口，故知感情真者，其观物亦真。"

36（4）

无我之境，人唯于静中得之。有我之境，于由动之静时得之。故一优美，一宏壮也。①

〔注〕

① 叔本华《世界是意志和表象》云："美是纯粹客观的静观心境。""如果物象是与意志对抗，并以其不可抵抗的力量使得意志感到威胁，或者其不可测量的体积使得意志自惭形秽，但是如果欣赏者……默默静观那些威胁意志的物象，……他就充满了崇高感。"

王国维《叔本华之哲学及其教育学说》云："美之中又有优美与壮美之别。今有一物，令人忘利害之关系，而玩之而不厌者，谓之曰优美之感情。若其物不利于吾人之意志，而意志为之破裂，唯由知识冥想其理念者，谓之曰壮美之感情。”（据《海宁王静安先生遗书·静庵文集》）

37（5）

自然中之物，互相关系，互相限制，故不能有完全之美。然其写之于文学中也，必遗其关系、限制之处，故虽写实家亦理想家也。又虽如何虚构之境，其材料必求之于自然，而其构造亦必从自然之法则，故虽理想家亦写实家也。①

〔校〕

通行本无“故不能有完全之美”。

〔注〕

① 叔本华《世界是意志和表象》云：“实际的物象几乎总是它们所表现的理念之极不完全的摹仿，所以天才就需要想象力以洞察事物。那不是说大自然确已创造出来的事物，而是说大自然企图去创造，但因为事物间自然形式的冲突而未能创造出来的东西。”“天才……不

注意事物的联系的知识，他忽略了符合充足理由律的那种事物关系的知识，是为了要在事物中只看它们的理念。”“有人会说：艺术摹仿自然而创造了美的东西。……这是多么固执而愚蠢的成见啊。……美的知识绝不可能纯粹是后天的，它总是先天的，至少有一部分是先天的。……只有依赖这种预料，我们才能认识美。……这种预料就是理想。因为它得之于先验，至少有一半是先验的，所以它也是理念。而且它对于艺术具有实用意义，因为它符合并且补充我们通过自然后验地获得的东西。”

王国维《叔本华与尼采》引叔本华《世界是意志和表象》（王氏译为《意志及观念之世界》——引者）云：“美术者，实以静观中所得之实念寓诸一物焉而再现之。……而此特别之对象，其在科学中也，则藐然全体之一部分耳，而在美术中则遽而代表其物之种族之全体，空间时间之形式对此而失其效，关系之法则至此而穷于用，故此时之对象非个物而但其实念也。”（据《海宁王静安先生遗书·静庵文集》）

38（删9）

社会上之习惯，杀许多之善人。文学上之习惯，杀许多之天才。

39（55）

诗之三百篇[①]、十九首[②]，词之五代北宋，皆无题也。非无题也，诗词中之意不能以题尽之也。自《花庵》[③]《草堂》[④]每调立题，并古人无题之词亦为之作题，其可笑孰甚。[⑤]诗词之题目本为自然及人生。[⑥]自古人误以为美刺、投赠、咏史、怀古之用，题目既误，诗亦自不能佳。后人才不及古人，见古名、大家亦有此等作，遂遗其独到之处而专学此种，不复知诗词之本意。于是豪杰之士不得不变其体格，如楚辞、汉之五言诗、唐五代北宋之词皆是也。故此等文学皆无题。（按：“诗词之题目，……故此等文学皆无题”一段，原已删去）诗有题而诗亡，词有题而词亡。然中材之士鲜能知此而自振拔者矣。

〔校〕

通行本无“其可笑孰甚”和原删去之一段，但在“并古人无题之词亦为之作题”下，多出“如观一幅佳山水，而即曰此某山某河，可乎”，后即接“诗有题而诗亡”。

〔注〕

① 三百篇　《诗经》。

② 十九首　古诗十九首，汉代无名氏作，最早见于萧统（昭明太子）编《文选》。

③《花庵》　《花庵词选》，词总集。南宋黄昇编，共二十卷。前十卷为《唐宋诸贤绝妙词选》，选唐、五代、北宋词人作品。后十卷为《中兴以来绝妙词选》，选南宋词人作品。

④《草堂》　《草堂诗余》，词总集。编者不详，或为何士信。主要选宋词，间有唐五代作品。

⑤ 陈廷焯《白雨斋词话》云：“古人词大率无题者多，唐五代人，多以调为词。自增入‘闺情’‘闺思’等题，全失古人托兴之旨；作俑于《花庵》《草堂》，后世遂相沿袭，最为可厌。至《清绮轩词选》，乃于古人无题者

妄增入一题，诬己诬人，匪独无识，直是无耻。”

⑥ 王国维《屈子文学之精神》云：“诗歌者，描写人生者也。（用德国大诗人希尔列尔之定义——王氏原注）此定义未免太狭，今更广之曰：描写自然及人生可乎？”（据《海宁王静安先生遗书·静庵文集续编》）

40（28）

冯梦华《宋六十一家词选序》谓：“淮海[①]、小山[②]，古之伤心人也。其淡语皆有味，浅语皆有致。”[③]余谓此唯淮海足以当之。[④]小山矜贵有余，但稍胜方回耳。古人以秦七[⑤]、黄九[⑥]或小晏[⑦]、秦郎[⑧]并称[⑨]，不图老子乃与韩非同传。[⑩]

〔校〕

“但稍胜方回耳”至“不图老子乃与韩非同传”，通行本作“但可方驾子野[⑪]、方回，未足抗衡淮海也”。

〔注〕

①⑤⑧ 淮海、秦七、秦郎　秦观，参见第8条注③。

②⑦ 小山、小晏　晏几道，参见第25条注①。

③ 冯煦《蒿庵论词》云：“淮海、小山，真古之伤心人

也。其淡语皆有味，浅语皆有致，求之两宋词人，实罕其匹。”

④ 张炎《词源》云：“秦少游词，体制淡雅，气骨不衰，清丽中不断意脉，咀嚼无滓，久而知味。”

周济《宋四家词选目录序论》云：“少游最和婉醇正，稍逊清真者辣耳。”“少游意在含蓄，如花初胎，故少重笔。”

冯煦《蒿庵论词》云：“少游以绝尘之才，早与胜流，不可一世；而一谪南荒，遽丧灵宝，故所为词，寄概身世，闲雅有情思，酒边花下，一往而深，而怨悱不乱，悄乎得《小雅》之遗；后主之后，一人而已。昔张天如论相如之赋云：‘他人之赋，赋才也；长卿，赋心也。’予于少游之词亦云：他人之词，词才也；少游，词心也。得之于内，不可以传。虽子瞻之明隽，耆卿之幽秀，犹若有瞠乎后者，况其下邪？”（按：陈廷焯《白雨斋词话》论秦词引乔笙巢语与冯煦这段话前半意思相近。）

⑥ 黄九　黄庭坚（1045—1105），字鲁直，号山谷道人、涪翁，北宋文学家。

⑨ 陈师道云：“今代词手，惟秦七、黄九耳，唐诸人不迨也。”（《苕溪渔隐丛话》引）

彭孙遹《金粟词话》云："词家每以秦七、黄九并称，其实黄不及秦甚远，犹高之视史，刘之视辛，虽齐名一时，而优劣自不可掩。"（据《词话丛编》本）

刘熙载《艺概·词曲概》云："少游词有小晏之妍，其幽趣则过之。""秦少游词得《花间》《尊前》遗韵，却能自出清新。"

冯煦《蒿庵论词》云："后山以秦七、黄九并称，其实黄非秦匹也。"

陈廷焯《白雨斋词话》云："秦七黄九，并重当时，然黄之视秦，奚啻碔砆之与美玉？词贵缠绵，贵忠爱，贵沈郁。黄之鄙俚者无论矣；即以其高者而论，亦不过于倔强中见姿态耳！"

⑩ 司马迁《史记·老庄申韩列传》，其中将道家老子和法家韩非合在一起作传。

⑪ 子野　张先（990—1078），字子野，北宋词人。

41（57）

人能于诗词中不为美刺、投赠、怀古、咏史之篇，不使隶事之句，不用装饰之字，则于此道已过半矣。①

〔校〕

通行本无“怀古咏史”四字，“装饰”作“粉饰”。

〔注〕

① 王国维《论哲学家与美术家之天职》云：“诗歌之方面，则咏史、怀古、感事、赠人之题目弥满充塞于诗界，而抒情叙事之作什佰不能得一。其有美术上之价值者，仅其写自然之美之一方面耳。甚至戏曲小说之纯文学，亦往往以惩劝为恉。其有美术上之目的者，世非惟不知贵且加贬焉。”（据《海宁王静安先生遗书·静庵文集》）

陈廷焯《白雨斋词话》云：“无论诗古文词，推到极处，总以一诚为主。……明乎此，则无聊之酬应与无病之呻吟，皆可不作矣。”

42（58）

以《长恨歌》之壮采，而所隶之事，只“小玉”“双成”四字[①]，才有余也。梅村[②]歌行，则非隶事不可。[③]白[④]、吴[⑤]优劣即于此见。[⑥]此不独作诗为然，填词家亦不可不知也。

〔注〕

① 白居易《长恨歌》：“金阙西厢叩玉扃，转教小玉报双成。”“小玉”为吴王夫差女，“双成”即董双成，神话中的西王母侍女。此处借指仙山宫阙中太真侍女。

②⑤ 梅村、吴　吴伟业（1609—1671），字骏公，号梅村，清代诗人。

③ 吴伟业歌行如《圆圆曲》《永和宫词》等用典故甚多。

④ 白　白居易（772—846），字乐天，晚号香山居士，唐代诗人。

⑥ 王国维《致豹轩先生函》云：“前作《颐和园词》一首，虽不敢上希白傅，庶几追步梅村。盖白傅能不使事，梅村则专以使事为工。然梅村自有雄气骏骨，遇白描处尤有深味，非如陈云伯辈但以秀缛见长，有肉无骨

也。”（据日本神田信畅编《王忠悫公遗墨》）

43（删12）

词之为体，要眇宜修。[①]能言诗之所不能言，而不能尽言诗之所能言。诗之境阔，词之言长。[②]

〔注〕

① 屈原《九歌·湘君》：“君不行兮夷犹，蹇谁留兮中洲，美要眇兮宜修。”（据《楚辞集注》）

② 张惠言《词选叙》：“词者……其缘情造端，兴于微言，以相感动，极命风谣里巷男女哀乐，以道贤人君子幽约怨悱不能自言之情，低徊要眇以喻其致。……非苟为雕琢曼辞而已。”（据《词选》，中华书局本）

缪钺《论词》云：“人有情思，发诸楮墨，是为文章。然情思之精者，其深曲要眇，文章之格调词句不足以尽达之也，于是有诗焉。文显而诗隐，文直而诗婉，文质言而诗多比兴，文敷畅而诗贵酝藉，因所载内容之精粗不同，而体裁各异也。诗能言文之所不能言，而不能尽言文之所能言，则又因体裁之不同，运用之限度有广狭也。诗之所言，固人生情思之精者矣，然精之中复有更细美幽约者焉，诗体又不足以达，或勉强达之，而不能曲尽其妙，于是不得不别创新体，词遂肇兴。……此新体有各种殊异之调，而每调中句法参差，音节抗坠，较诗体为轻灵变化而有弹性，要眇之情，凄迷之境，诗中或不能尽，而此新体反适于表达。……故自其疏阔者言之，词与诗为同类，而与文殊异；自其精细者言之，词与诗又不同。诗显而词隐，诗直而词婉，诗有时质言而词更多比兴，诗尚能敷畅而词尤贵酝藉。王国维曰（下引本条全文，略——引者）……此其大别矣。”（据《诗词散论》，上海古籍出版社本）

44（51）

“明月照积雪”① “大江流日夜”② “澄江净如练”③ “山气日夕佳”④ “落日照大旗” “中天悬明月”⑤ “大漠孤烟直，黄河落日圆”⑥，此等境界可谓千古壮语。求之于词，则纳兰容若⑦塞上之作，如《长相思》⑧之“夜深千帐灯”，《如梦令》⑨之“万帐穹庐人醉，星影摇摇欲坠”差近之。

〔校〕

通行本无“澄江净如练”“山气日夕佳”“落日照大旗”“大漠孤烟直”，“壮语”作“壮观”。

〔注〕

① 谢灵运　岁暮

殷忧不能寐，苦此夜难颓。明月照积雪，朔风劲且哀。运往无淹物，年逝觉已催。（据《全汉三国晋南北朝诗》上册，中华书局本）

② 谢朓　暂使下都夜发新林至京邑赠西府同僚

大江流日夜，客心悲未央。徒念关山近，终知反路长。秋河曙耿耿，寒渚夜苍苍。引领见京室，宫雉正相望。金波丽鳷鹊，玉绳低建章。驱车鼎门外，思见昭丘阳。驰晖不可接，何况隔两乡。风云有鸟路，江汉限无梁。常恐鹰隼击，时菊委严霜。寄言罻罗者，寥廓已高翔。（同上）

③ 谢朓　晚登三山还望京邑

灞涘望长安，河阳视京县。白日丽飞甍，参差皆可见。余霞散成绮，澄江静如练。喧鸟覆春洲，杂英满芳甸。去矣方滞淫，怀哉罢欢宴。佳期怅何许，泪下如流

霰。有情知望乡，谁能鬒不变。（同上）

④ 陶潜《饮酒二十首》（之五）见第33条注③。

⑤ 杜甫　后出塞五首（之二）

朝进东门营，暮上河阳桥。落日照大旗，马鸣风萧萧。平沙列万幕，部伍各见招。中天悬明月，令严夜寂寥。悲笳数声动，壮士惨不骄。借问大将谁，恐是霍嫖姚。（据仇兆鳌《杜诗详注》，中华书局本）

⑥ 王维　使至塞上

单车欲问边，属国过居延。征蓬出汉塞，归雁入胡天。大漠孤烟直，长河落日圆。萧关逢候吏，都护在燕然。（据《全唐诗》）

⑦ 纳兰容若　纳兰性德（1654—1685），原名成德，字容若，号楞伽山人，清代词人。

⑧ ⑨ 纳兰性德　长相思

山一程，水一程。身向榆关那畔行，夜深千帐灯。　风一更，雪一更。聒碎乡心梦不成，故园无此声。

如梦令

万帐穹庐人醉，星影摇摇欲坠。归梦隔狼河，又被河声搅碎。还睡，还睡。解道醒来无味。（据陈乃乾编《清名家词·通志堂词》）

45（删13）

言气质[①]，言格律（按：三字原已删去），言神韵[②]，不如言境界。有境界，本也。气质、格律、神韵，末也。有境界而三者随之矣。

〔注〕

① 气质是中国古代文论家常用的概念。曹丕《典论·论文》云："文以气为主，气之清浊有体，不可力强而致。"沈约《宋书·谢灵运传论》云："子建、仲宣以气质为体。"刘勰《文心雕龙·体性》云："才有庸俊，气有刚柔，学有浅深，习有雅郑。并情性所铄，陶染所凝。是以笔区云谲，文苑波诡者矣。"这已经接触到作家的创作个性（风格）问题。

② 司空图在《二十四诗品》中主张诗歌要有"韵外之致""味外之旨"，强调冲淡平和的风格，"不著一字，尽得风流"，"遇之匪深，即之愈稀"，要求具有含蓄蕴藉之美。严羽在《沧浪诗话》中标举"兴趣"，认为诗歌创作应该"不涉理路，不落言筌"，"羚羊挂角，

无迹可求”，“透彻玲珑，不可凑泊”。王士禛在此基础上提出“神韵”说，主张诗要“神韵天然”“兴会超妙”“兴会神到”“得意忘言”。这种理论强调了艺术思维和艺术创作的特点，但却有脱离现实的倾向，给人一种恍惚迷离、不可捉摸的感觉。

46（7）

“红杏枝头春意闹”①，著一“闹”字而境界全出。“云破月来花弄影”②，著一“弄”字而境界全出矣。③

〔注〕

① 宋祁　玉楼春（春景）

东城渐觉风光好。縠皱波纹迎客棹。绿杨烟外晓寒轻，红杏枝头春意闹。　浮生长恨欢娱少。肯爱千金轻一笑。为君持酒劝斜阳，且向花间留晚照。（据《全宋词》）

② 张先　天仙子（时为嘉禾小倅，以病眠不赴府会）

水调数声持酒听，午醉醒来愁未醒。送春春去几时回？临晚镜，伤流景，往事后期空记省。　沙上并禽池上

暝，云破月来花弄影。重重帘幕密遮灯。风不定，人初静。明日落红应满径。（同上）

③ 胡仔《苕溪渔隐丛话》引《遯斋闲览》云：“张子野郎中以乐章擅名一时。宋子京尚书奇其才，先往见之，遣将命者，谓曰：‘尚书欲见“云破月来花弄影”郎中乎？’子野屏后呼曰：‘得非“红杏枝头春意闹”尚书邪？’遂出，置酒尽欢。盖二人所举，皆其警策也。”（据人民文学出版社本，前集）

对于“红杏枝头春欲闹”和“云破月来花弄影”，历代文论家一般是肯定、赞扬的，但也有不同意见。

刘熙载《艺概·词曲概》云：“词中句与字，有似触著者，所谓极炼如不炼也。晏元献‘无可奈何花落去’二句，触著之句也。宋景文‘红杏枝头春意闹’，‘闹’字触著之字也。”

王士禛《花草蒙拾》云：“‘红杏枝头春意闹尚书’，当时传为美谭。吾友公戢（刘体仁，字公戢——引者）极叹之，以为卓绝千古。然实本《花间》‘暖觉杏梢红’，特有青蓝冰水之妙耳。”（据《词话丛编》本）

李渔《窥词管见》云：“琢句炼字，虽贵新奇，亦须新而妥，奇而确。妥与确总不越一理字。欲望句之惊人，先求理之服众。时贤勿论，吾论古人。古人多工于此技。有最服余心者，‘云破月来花弄影郎中’是也。有蜚声千载上而不能服强项之笠翁者，‘红杏枝头春意闹尚书’是也。‘云破月来’句，词极尖新，而实为理之所有。若红杏之在枝头，忽然加一‘闹’字，此语殊难着解。争斗有声之谓闹。桃李争春则有之。红杏闹春，予实未之见也。‘闹’字可用，则‘吵’字、‘斗’字、‘打’字皆可用矣。宋子京当日以此噪名，人不呼其姓氏，竟以此作尚书美号，岂由尚书二字起见耶？予谓‘闹’字极粗俗，且听不入耳，非但不可加于此句，并不当见之诗词。近日词中争尚此字者，子京一人之流毒也。”（据《词话丛编》本）

钱锺书《通感》引宋祁“红杏枝头春意闹”和苏轼“小星闹若沸”（《夜行观星》）云：“宋祁和苏轼所以用‘闹’字，是想把事物的无声的姿态描绘成好像有声音，表示他们在视觉里仿佛获得了听觉的感受。用现代心理学或语言学的术语来说，这两句都是‘通感（Synaesthesia）’或‘感觉移借’的例子。”“在日常经验里，视觉、听觉、触觉、嗅觉等等往往可以彼此打通或交通，眼、耳、鼻、身等各个官能的领域可以不分界限。……通感的各种现象里，最早引起注意的也许是触觉和视觉向听觉里的挪移。……好些描写通感的诗句都是直接采用了日常生活里表达这种经验的习惯语言。……不过，诗人对事物往往突破了一般经验的感受，有更深刻、更细致的体会，因此也需要推敲出一些新颖、奇特的字法，例如前面所举宋祁和苏轼的两句。”（见《文学评论》1962年第1期）

47（删14）

“西风吹渭水，落日满长安。”① 美成以之入词。② 白仁甫③ 以之入曲。④ 此借古人之境界为我之境界者也。然非自有境界，古人亦不为我用。

〔注〕

① 贾岛　忆江上吴处士

闽国扬帆去，蟾蜍亏复圆。秋风生渭水，落叶满长安。此地聚会夕，当时雷雨寒。兰桡殊未返，消息海云端。（据《全唐诗》）

② 周邦彦　齐天乐（秋思）

绿芜雕尽台城路，殊乡又逢秋晚。暮雨生寒，鸣蛩劝织，深阁时闻裁剪。云窗静掩。叹重拂罗裀，顿疏花簟。尚有练囊，露萤清夜照书卷。　　荆江留滞最久，故人相望处，离思何限。渭水西风，长安乱叶，空忆诗情宛转。凭高眺远。正玉液新稔筜，蟹螯初荐。醉倒山翁，但愁斜照敛。（据《全宋词》）

③ 白仁甫　白朴（1226—1306之后），字太素，号兰谷,初名恒，字仁甫，元代杂剧家。

④ 白朴《双调得胜乐（秋）》："玉露冷。蛩吟砌。听落叶西风渭水。寒雁儿长空嘹唳。陶元亮醉在东篱。"又，《梧桐雨》杂剧第二折《普天乐》："伤心故园。西风渭水，落日长安。"

48（8）

境界有大小，然不以是而分高下。"细雨鱼儿出，微风燕子斜"①，何遽不若"落日照大旗，马鸣风萧萧"②？"宝帘闲挂小银钩"③，何遽不若"雾失楼台，月迷津渡"④也？

〔注〕

① 杜甫　水槛遣心二首（之一）

去郭轩楹敞，无村眺望赊。澄江平少岸，幽树晚多花。细雨鱼儿出，微风燕子斜。城中十万户，此地两三家。（据《杜诗详注》）

② 杜甫《后出塞五首》（之二），见第44条注⑤。

③ 秦观　浣溪沙

漠漠轻寒上小楼，晓阴无赖似穷秋。淡烟流水画屏幽。自在飞花轻似梦，无边丝雨细如愁。宝帘闲挂小银钩。（据《全宋词》）

④ 秦观《踏莎行》，见第33条注②。

49（删10）

昔人论诗词，有景语、情语之别。不知一切景语皆情语也。[①]（按：此条原已删去）

〔注〕

① 李渔《窥词管见》云："词虽不出情景二字，然二字亦

分主客。情为主，景是客。说景即是说情，非借物遣怀，即将人喻物。有全篇不露秋毫情意，而实句句是情、字字是情者。切勿泥定即景承物之说，为题字所误，认真做向外面去。”

50

“岂不尔思，室是远而”。而孔子讥之。[①]故知孔门而用词，则牛峤[②]之“甘作一生拚，尽君今日欢”[③]等作，必不在见删之数。（按：此条原已删去）

〔注〕

①《论语·子罕》：“‘唐棣之花，偏其反尔，岂不尔思，室是远而。’子曰：‘未之思也，夫何远之有？’”（据《论语正义》，十三经注疏本）

② 牛峤　字松卿，一字延峰，五代前蜀词人。

③ 牛峤　菩萨蛮

玉楼冰簟鸳鸯锦，粉融香汗流山枕。帘外辘轳声，敛眉含笑惊。　柳阴烟漠漠，低鬓蝉钗落。须作一生拚，尽君今日欢。（据李一氓《花间集校》）

51（删11）

词家多以景寓情。其专作情语而绝妙者，如牛峤之“甘作一生拚，尽君今日欢”；顾夐[①]之“换我心为你心，始知相忆深”[②]；欧阳修之“衣带渐宽终不悔，为伊消得人憔悴”[③]；美成之“许多烦恼，只为当时，一饷留情”[④]，此等词古今曾不多见。[⑤]余《乙稿》[⑥]中颇于此方面有开拓之功。

〔校〕

通行本无“余《乙稿》中……开拓之功。”

〔注〕

① 顾夐　五代蜀词人。

② 顾夐　诉衷情

永夜抛人何处去？绝来音。香阁掩，眉敛，月将沉。争忍不相寻？怨孤衾。换我心为你心，始知相忆深。（据《花间集校》）

③ 欧阳修《蝶恋花》，见第2条注①。

④ 周邦彦　庆宫春

云接平冈，山围寒野，路回渐转孤城。衰柳啼鸦，惊风驱雁，动人一片秋声。倦途休驾，淡烟里、微茫见星。尘埃憔悴，生怕黄昏，离思牵萦。　　华堂旧日逢迎。花艳参差，香雾飘零。弦管当头，偏怜娇凤。夜深簧暖笙清。眼波传意，恨密约、匆匆未成。许多烦恼，只为当时，一饷留情。（据《全宋词》）

⑤ 贺裳《皱水轩词筌》云："小词以含蓄为佳，亦有作决绝语而妙者。如韦庄'谁家年少足风流。妾拟将身嫁与，一生休。纵被无情弃，不能羞'之类是也。牛峤'须作一生拚，尽君今日欢'抑亦其次。柳耆卿'衣带渐宽终不悔，为伊消得人憔悴'亦即韦意，而气加婉矣。"（据《词话丛编》本）

⑥ 王国维《人间词乙稿》。

52（22）

梅圣（按：原误作舜）俞[①]《苏幕遮》[②]词："落尽梨花春事了。满地斜阳，翠色和烟老。"兴化刘氏谓：少游一生似专学此种。[③]余谓冯正中《玉楼春》[④]词："芳菲次弟长相续，自是情多无处足。尊前百计得春归，莫为伤春眉黛促。"少游一生似专学此种。

〔校〕

末句“少游一生似专学此种”，通行本作“永叔一生似专学此种”。

〔注〕

① 梅圣俞　梅尧臣（1002—1060），字圣俞，北宋诗人。

② 梅尧臣　苏幕遮

露堤平，烟墅杳。乱碧萋萋，雨后江天晓。独有庾郎年最少。窣地春袍，嫩色宜相照。　　接长亭，迷远道。堪怨王孙，不记归期早。落尽梨花春又了。满地残阳，翠色和烟老。（据《全宋词》）

③ 刘熙载《艺概·词曲概》云：“少游词有小晏之妍，其幽趣则过之。梅圣俞《苏幕遮》云：‘落尽梅花春又了，满地斜阳，翠色和烟老。’此一种似为少游开先。”

④ 冯延巳　玉楼春

雪云乍变春云簇，渐觉年华堪纵目。北枝梅蕊犯寒开，南浦波纹如酒绿。　　芳菲次弟长相续，自是情多无处足。尊前百计得春归，莫为伤春眉黛蹙。（据四印斋本《阳春集》补遗，又见彊村丛书本《尊前集》。）

53（23）

人知和靖[①]《点绛唇》[②]、圣（按：原误作舜）俞《苏幕遮》[③]、永叔《少年游》三阕为咏春草绝调。[④]不知先有冯正中“细雨湿流光”[⑤]五字，皆能写春草之魂者也。

〔校〕

“写”，通行本作“摄”。

〔注〕

① 和靖　林逋（967—1028），字君复，卒谥和靖先生，北宋诗人。

② 林逋　点绛唇

金谷年年，乱生春色谁为主。余花落处，满地和烟雨。　又是离歌，一阕长亭暮。王孙去，萋萋无数。南北东西路。（据《全宋词》）

③ 梅尧臣《苏幕遮》见第52条注②。

④ 吴曾《能改斋漫录》云：“梅圣俞在欧阳公座，有以林逋草词‘金谷年年，乱生青草谁为主’为美者，圣俞因别为《苏幕遮》一阕。（下引全文，略——引者）欧公

击节赏之，又自为一词云：‘栏干十二独凭春，晴碧远连云。千里万里，二月三月，行色苦愁人。　谢家池上，江淹浦畔，吟魄与离魂。那堪疏雨滴黄昏，更特地忆王孙。’盖《少年游》令也。不惟前二公所不及，虽置诸唐人温、李集中，殆与之为一矣。”（据中华书局本，下册）

⑤ 冯延巳　南乡子

细雨湿流光，芳草年年与恨长。烟锁凤楼无限事，茫茫。鸾镜鸳衾两断肠。　魂梦任悠扬，睡起杨花满绣床。薄幸不来门半掩，斜阳。负你残春泪几行。（据《阳春集》）

54（59）

诗中体制以五言古及五、七言绝句为最尊，七古次之，五、七律又次之，五言排律为最下。盖此体于寄兴言情均不相适，殆与骈体文等耳。词中小令如五言古及绝句，长调如五、七律，若长调之《沁园春》等阕，则近于五排矣。

〔校〕

此条通行本作："近体诗体制，以五、七言绝句为最尊，律诗次之，排律最下。盖此体于寄兴言情，两无所当，殆有均之骈体文耳。词中小令如绝句，长调似律诗，若长调之《百字令》《沁园春》等，则近于排律矣。"

55（删15）

长调自以周、柳、[1]苏、辛为最工。美成《浪淘沙慢》二词[2]，精壮顿挫，已开北曲[3]之先声。若屯田[4]之《八声甘州》[5]，玉局[6]之《水调歌头》（中秋寄子由）[7]，则伫兴之作，格高千古，不能以常词论也。[8]

〔校〕

"玉局"通行本作"东坡"，"常词"作"常调"。

〔注〕

①④ 柳、屯田　柳永（约1004—1054），原名三变，字耆卿，官至屯田员外郎，北宋词人。

② 周邦彦　浪淘沙慢

昼阴重，霜凋岸草，雾隐城堞。南陌脂车待发，东门帐饮乍阕。正拂面、垂杨堪揽结。掩红泪、玉手亲折。念汉浦离鸿去何许，经时信音绝。　　情切。望中地远天阔。向露冷风清，无人处、耿耿寒漏咽。嗟万事难忘，唯是离别。翠尊未竭。凭断云留取，西楼残月。　　罗带光销纹衾叠。连环解、旧香顿歇。怨歌永、琼壶敲尽缺。恨春去、不与人期，弄夜色，空余满地梨花雪。

万叶战，秋声露结，雁度砂碛。细草和烟尚绿，遥山向晚更碧。见隐隐云边新月白，映落照、帘幕千家。听数声、何处倚楼笛。装点尽秋色。　　脉脉。旅情暗自消释。念珠玉、临水犹悲戚，何况天涯客。忆少年歌酒，当时踪迹。岁华易老。衣带宽、懊恼心肠终窄。　　飞散后、风流人阻，蓝桥约、怅恨路隔。马啼过、犹嘶旧巷陌。叹往事、一一堪伤，旷望极。凝思又把阑干拍。（据《全宋词》）

③ 北曲　原指宋元以来北方诸宫调、散曲、戏曲所用的各种曲调。声调刚健朴实。元杂剧基本上用北曲，所以也用来专指元杂剧。

⑤ 柳永　八声甘州

对潇潇、暮雨洒江天，一番洗清秋。渐霜风凄惨，关河冷落，残照当楼。是处红衰翠减，苒苒物华休。惟有长江水，无语东流。　　不忍登高临远，望故乡渺邈，归思难收。叹年来踪迹，何事苦淹留。想佳人、妆楼颙望，误几回、天际识归舟。争知我、倚阑干处，正恁凝愁。（据《全宋词》）

⑥ 玉局　苏轼，他曾提举玉局观。《宋史·苏轼传》：“徽宗立，（从琼州）移廉州，改舒州团练副使，徙永州。更三大赦，遂提举玉局观，复朝奉郎。”

⑦ 苏轼　水调歌头（丙辰中秋，欢饮达旦，大醉。作此篇，兼怀子由。）

明月几时有，把酒问青天。不知天上宫阙，今夕是何年。我欲乘风归去，又恐琼楼玉宇，高处不胜寒。起舞弄清影，何似在人间。　　转朱阁，低绮户，照无眠。不应有恨，何事长向别时圆。人有悲欢离合，月有阴晴圆缺，此事古难全。但愿人长久，千里共婵娟。（据《全宋词》）

⑧ 吴曾《能改斋漫录》引晁无咎评本朝乐章云：“世言柳耆卿曲俗，非也。如《八声甘州》云：‘渐霜风凄紧，关河冷落，残照当楼。’此真唐人语不减高处

矣。”（下册）

胡仔《苕溪渔隐丛话》云：“中秋词，自东坡《水调歌头》一出，余词尽废。”（后集）

56（删16）

稼轩《贺新郎》词（送茂嘉十二弟）[①]，章法绝妙，且语语有境界，此能品而几于神者。[②]然非有意为之，故后人不能学也。

〔注〕

① 见第11条注⑥。

② 杨慎《词品》引陈子宏论辛弃疾《贺新郎》云：“此词尽集许多怨事，全与李太白《拟恨赋》相似。……盖曲者曲也，固当以委曲为体，然徒狃于风情婉娈，则亦易厌。回视稼轩所作，岂非万古一清风哉！”（据《词话丛编》本）

陈廷焯《白雨斋词话》云：“稼轩词，自以《贺新郎·别茂嘉十二弟》一篇为冠。沈郁苍凉，跳跃动荡，古今无此笔力。”

57（12）

"画屏金鹧鸪"[①]，飞卿语也，其词品似之。"弦上黄莺语"[②]，端已[③]语也，其词品亦似之。若正中词品欲于其词中求之，则"和泪试严妆"[④]殆近之欤?

〔注〕

① 温庭筠　更漏子

柳丝长，春雨细。花外漏声迢递。惊塞雁，起城乌。画屏金鹧鸪。　　香雾薄，透帘幕。惆怅谢家池阁。红烛背，绣帘垂。梦长君不知。（据《花间集校》）

② 韦庄　菩萨蛮

红楼别夜堪惆怅，香灯半卷流苏帐。残月出门时，美人和泪辞。　　琵琶金翠羽，弦上黄莺语。劝我早归家，绿窗人似花。（同上）

③ 端已　韦庄（836—910），字端已，五代前蜀词人。

④ 冯延巳　菩萨蛮

娇鬟堆枕钗横凤，溶溶春水杨花梦。红烛泪阑干，翠屏烟浪远。　　锦壶催画箭，玉佩天涯远。和泪试严妆，落

梅飞晓霜。（据《阳春集》）

58

"暮雨潇潇郎不归"[①]，当是古词，未必即白傅[②]所作。故白诗云"吴娘夜雨潇潇曲，自别苏州更不闻"[③]也。（按：此条原已删去）

〔注〕

① 白居易　长相思

深画眉，浅画眉，蝉鬓鬅鬙云满衣。阳台行雨回。巫山高，巫山低，暮雨潇潇郎不归。空房独守时。（据《花庵词选》）

② 白傅　白居易，参见第42条注④。

③ 白居易　寄殷协律

五岁优游同过日，一朝消散似浮云。琴侍酒伴皆抛我，雪月花时最忆君。几度听鸡歌白日，亦曾骑马咏红裙。吴娘暮雨潇潇曲，自别江南更不闻。（据《白香山集》，文学古籍刊行社本）

59（删17）

稼轩《贺新郎》[1]词："柳暗凌波路。送春归、猛风暴雨，一番新绿。"又，《定风波》[2]词："从此酒酣明月夜，耳热。""绿""热"二字皆作上去用。与韩玉[3]《东浦词》《贺新郎》[4]以"玉""曲"叶"注""女"，《卜算子》[5]以"夜""谢"叶"食""月"，已开北曲四声通押之祖。

〔注〕

① 辛弃疾　贺新郎

柳暗凌波路。送春归、猛风暴雨，一番新绿。千里潇湘葡萄涨，人解扁舟欲去。又樯燕、留人相语。艇子飞来生尘步，唾花寒、唱我新番句。波似箭，催鸣橹。　黄陵祠下山无数。听湘娥，泠泠曲罢，为谁情苦。行到东吴春已暮。正江阔潮平稳渡。望金雀、觚稜翔舞。前度刘郎今重到，问玄都、千树花存否。愁为倩，么弦诉。（据《稼轩词编年笺注》）

② 辛弃疾　定风波

金印累累佩陆离，河梁更赋断肠诗。莫拥旌旗真个去，何处？玉堂元自要论思。　　且约风流三学士，同醉，春风看试几枪旗。从此酒酣明月夜，耳热，那边应是说侬时。（同上）

③ 韩玉　字温甫，南宋词人。

④ 韩玉　贺新郎（咏水仙）

绰约人如玉。试新妆、娇黄半绿，汉宫匀注。倚傍小栏闲伫立，翠带风前似舞。记洛浦、当年俦侣。罗袜尘生香冉冉，料征鸿、微步凌波女。惊梦断，楚江曲。　　春工若见应为主。忍教都、闲亭邃馆，冷风凄雨。待把此花都折取，和泪连香寄与。须信道、离情如许。烟水茫茫斜照里，是骚人、九辨招魂处。千古恨，与谁语？（据《全宋词》）

⑤ 韩玉　卜算子

杨柳绿成阴，初过寒食节。门掩金铺独自眠，那更逢寒夜。　　强起立东风，惨惨梨花谢。何事王孙不早归，寂寞秋千月。（据《全宋词》）

按：此词“节、夜、谢、月”相押，王氏云“以‘夜’‘谢’叶‘食’‘月’”，“食”应为“节”。

60（47）

稼轩中秋饮酒达旦用《天问》体作送月词，调寄《木兰花慢》[①]云："可怜今夕月，向何处、去悠悠？是别有人间，那边才见，光景东头。"词人想象直悟月轮绕地之事，与科学上密合，可谓神悟。（此词汲古阁刻六十家词[②]失载。黄荛圃[③]所藏元大德本亦阙，后属顾涧蘋[④]就汲古阁抄本中补之，今归聊城杨氏[⑤]海源阁，王半塘四印斋所刻者[⑥]是也。但汲古阁抄本与刻本不符，殊不可解，或子晋[⑦]于刻词后始得抄本耳。）

〔校〕

"（此词汲古阁……始得抄本耳）"通行本无。

〔注〕

① 辛弃疾　木兰花慢

［中秋饮酒将旦，客谓前人诗词有赋待月、无送月者，因用《天问》体赋。］

可怜今夕月，向何处、去悠悠？是别有人间、那边才见，光景东头？是天外，空汗漫，但长风浩浩送中秋？飞镜无根谁系？姮娥不嫁谁留？　　谓经海底问无由，恍惚使人愁。怕万里长鲸，纵横触破，玉殿琼楼。虾蟆故堪浴水，问云何玉兔解沈浮？若道都齐无恙，云何渐渐如钩？（据《稼轩词编年笺注》）

② 毛晋汲古阁刻《宋六十名家词》中有《稼轩词》。

③ 黄荛圃　黄丕烈，字绍武，号荛圃，清代藏书家、校勘家。

④ 顾涧薲　顾广圻，字千里，号涧薲或涧平，清代考据家、校勘家。

⑤ 杨氏　杨以增，字益之，一字至道，山东聊城人，清代著名藏书家，藏书楼名海源阁。

⑥ 王半塘　王鹏运（1849—1904），字幼遐，号半塘、鹜翁，近代词人。他的《四印斋所刻词》中有《稼轩长短句》。

⑦ 子晋　毛晋，参见第21条注④，其藏书楼名汲古阁。

61（删18）

谭复堂[1]《箧中词选》谓：“蒋鹿潭[2]《水云楼词》与成容若[3]、项莲生[4]，二百年间分鼎三足。”[5]然《水云楼词》小令颇有境界，长调惟存气格。《忆云词》[⑥]亦精实有余，超逸不足，皆不足与容若比，然视皋文[⑦]、止庵[⑧]辈，则倜乎远矣。

〔注〕

① 谭复堂　谭献（1832—1901），字仲修，号复堂，近代词人、词论家。

② 蒋鹿潭　蒋春霖（1818—1868），字鹿潭，清代词人。

③ 成容若　纳兰性德，参见第44条注⑦。

④ ⑥ 项莲生、《忆云词》　项鸿祚（1798—1835），字莲生，清代词人，有《忆云词甲乙丙丁稿》。

⑤ 谭献《复堂词话》云："文字无大小，必有正变，必有家数。《水云楼词》固清商变徵之声，而流别甚正，家数颇大，与成容若、项莲生，二百年中分鼎三足。咸丰兵事，天挺此才，为倚声家杜老，而晚唐两宋一唱三叹之意，则已微矣。"（据《介存斋论词杂著·复堂词话·蒿庵论词》）

⑦ 皋文　张惠言（1761—1802），字皋文，清代经学家、文学家。

⑧ 止庵　周济，参见第12条注①。

62（31）

昭明太子[①]称陶渊明[②]诗“跌宕昭彰，独超众类，抑扬爽朗，莫之与京”。[③]王无功[④]称薛收赋“韵趣高奇，词义晦远，嵯峨萧瑟，真不可言”。[⑤]词中惜少此二种气象。前者唯东坡，后者唯白石略得一二耳。[⑥]

〔注〕

① 昭明太子　萧统（501—532），字德施，南北朝梁武帝长子，武帝天监元年立为太子，谥昭明，世称昭明太子，文学家。

② 陶渊明（365或372—427），一名潜，字元亮，东晋诗人。

③ 萧统《陶渊明集序》云：“其文章不群，词采精拔，跌宕昭彰，独超众类，抑扬爽朗，莫之与京。横素波而傍流，干青云而直上。语时事则指而可想，论怀抱则旷而且真。”（据《陶渊明集》）

④ 王无功　王绩（？—644），字无功。隋唐之间文学家。

⑤ 王绩《答冯子华处士书》云：“吾往见薛收《白牛溪赋》，

韵趣高奇，词义旷远，嵯峨萧瑟，真不可言。壮哉！邈乎扬、班之俦也。高人姚义常语吾曰：‘薛生此文，不可多得，登太行、俯沧海，高深极矣。’”（据《东皋子集》，四部丛刊续编本）

⑥ 刘熙载《艺概·赋概》云：“王无功谓薛收《白牛溪赋》‘韵趣高奇，词义旷远，嵯峨萧瑟，真不可言’。余谓赋之足当此评者盖不多有。前此其惟小山《招隐士》乎？”

63（32）

词之雅郑，在神不在貌。永叔、少游虽作艳语，终有品格。方之美成，便有贵妇人与倡伎之别①。

〔校〕

“贵妇人”，通行本作“淑女”。

〔注〕

① 参见第8条注④引刘熙载《艺概·词曲概》。

64

贺黄公裳[1]《皱水轩词筌》云："张玉田《乐府指迷》[2]其调叶宫商，铺张藻绘抑亦可矣，至于风流蕴藉之事，真属茫茫。如啖官厨饭者，不知牲牢之外别有甘鲜也。"此语解颐。

〔注〕

① 贺黄公　贺裳，字黄公，清代词论家。

② 这里所说的《乐府指迷》，实际是张炎《词源》。

65

周保绪济《词辨》云："玉田[1]，近人所最尊奉，才情诣力亦不后诸人，终觉积谷作米、把缆放船，无开阔手段。"又云："叔夏[2]所以不及前人处，只在字句上著功夫，不肯换意。""近人喜学玉田，亦为修饰字句易，换意难。"[3]

〔注〕

①② 玉田、叔夏　张炎，参见第14条注②。

③ 王国维这里是断引周济的话，《介存斋论词杂著》的原文是：“玉田，近人所最尊奉，才情诣力亦不后诸人，终觉积谷作米、把缆放船，无开阔手段；然其清绝处，自不易到。”“叔夏所以不及前人处，只在字句上著功夫，不肯换意，若其用意佳者，即字字珠辉玉映，不可指摘。近人喜学玉田，亦为修饰字句易，换意难。”

66（删19）

词家时代之说，盛于国初。竹垞[①]谓：词至北宋而大，至南宋而深。[②]后此词人，群奉其说。然其中亦非无具眼者。周保绪曰：“南宋下不犯北宋拙率之病，高不到北宋浑涵之诣。”又曰：“北宋词多就景叙情，故珠圆玉润，四照玲珑。至稼轩、白石，一变而为即事叙景，使深者反浅，曲者反直。”[③]潘四农德舆[④]曰：“词滥觞于唐，畅于五代，而意格之闳深曲挚则莫盛于北宋。词之有北宋，犹诗之有盛唐。至南宋则稍衰矣。”[⑤]刘融斋熙载曰：“北宋词用密亦疏、用隐亦亮、用沈亦快、用细亦阔、用精亦浑。南宋只是掉转过来。”[⑥]可知此事自有公论。虽止庵词颇浅薄，潘、刘尤甚。然其推尊北宋，则与明季云间诸公同一卓识[7]，不可废也。

〔注〕

① 竹垞　朱彝尊（1629—1709），字锡鬯，号竹垞，清代文学家。

② 参见第11条注③。

③ 见周济《介存斋论词杂著》。

④ 潘四农　潘德舆，字彦辅，号四农，清代文学家。

⑤ 见潘德舆《与叶生名沣书》。

⑥ 见刘熙载《艺概·词曲概》。

⑦ 明末词人陈子龙、宋徵舆、李雯称“云间三子”。陈子龙《三子诗余序》云：“诗余始于唐末，而婉畅秾逸极于北宋。……夫风骚之旨皆本言情，言情之作必托于闺襜之际。代有新声而想穷拟议，于是以温厚之篇、含蓄之旨未足以写哀而宣志也。思极于追琢而纤刻之辞来，情深于柔靡而婉娈之趣合，志溺于燕婧而妍绮之境出，态趋于荡逸而流畅之调生，是以镂裁至巧而若出自然，警露已深而意含未尽，虽曰小道，工之实难。”（据《陈卧子先生安雅堂稿》，上海时中书局铅

印本）

王士禛《花草蒙拾》云："云间数公论诗，拘格律、崇神韵，然拘于方幅、泥于时代，不免为识者所少，其于词亦不欲涉南宋一笔，佳处在此，短处亦坐此。"

67（删20）

唐五代北宋之词。所谓"生香真色"[①]。若云间诸公，则彩花耳。湘真[②]且然，况其次也者乎！[③]

〔注〕

① 王士禛《花草蒙拾》云："'生香真色人难学'，为'丹青女易描，真色人难学'所从出。千古诗文之诀，尽此七字。"

② 湘真　陈子龙，字人中，号大樽，明末文学家。词集有《湘真阁》《江蓠槛》两种，均佚，有辑本。

③ 王士禛《花草蒙拾》云："陈大樽诗首尾温丽，《湘真词》亦然。然不善学者，镂金雕琼，如土木被文绣耳。"

68（删21）

《衍波词》[1]之佳者，颇似贺方回。虽不及容若，要在锡鬯[2]、其年[3]之上。

〔注〕

①《衍波词》 王士禛词集。

② 锡鬯 朱彝尊，参见第66条注①。

③ 其年 陈维崧（1625—1682），字其年，号迦陵，清代词人。

69（删22）

近人词如复堂词之深婉，彊村[1]词之隐秀，皆在吾家半塘翁上。彊村学梦窗而情味较梦窗反胜，盖有临川[2]、庐陵[3]之高华，而济以白石之疏越者。学人之词，斯为极则。然古人自然神妙处，尚未梦见。

〔注〕

① 彊村　朱孝臧（1857—1931），一名祖谋，字古微，号彊村，近代词人。

② 临川　王安石（1021—1086），字介甫，号半山，临川人。北宋政治家、文学家。

③ 庐陵　欧阳修，庐陵人，参见第2条注②。

70（删23）

宋直方[①]（按：原误作“尚木”）《蝶恋花》[②]“新样罗衣浑弃却，犹寻旧日春衫著”。谭复堂《蝶恋花》[③]“连理枝头侬与汝，千花百草从渠许”。可谓寄兴深微。

〔注〕

① 宋直方　宋徵舆（1618—1667），字直方，清代词人。

② 宋徵舆　蝶恋花

宝枕轻风秋梦薄。红敛双蛾，颠倒垂金雀。新样罗衣浑弃却，犹寻旧日春衫著。　偏是断肠花不落。人苦伤心，镜里颜非昨。曾误当初青女约，祇今霜夜思量

着。（据谭献辑《箧中词》）

③ 谭献　蝶恋花

帐里迷离香似雾。不烬炉灰，酒醒闻余语。连理枝头侬与汝。千花百草从渠许。　　莲子青青心独苦。一唱将离，日日风兼雨。豆蔻香残杨柳暮。当时人面无寻处。（据《清名家词·复堂词》）

71（删24）

《半塘丁稿》中和冯正中《鹊踏枝》十阕[①]，乃《鹜翁词》之最精者。“望远愁多休纵目”等阕，郁伊惝恍，令人不能为怀。《定稿》[②]只存六阕，殊为未允也。

〔注〕

① 王鹏运　鹊踏枝

（冯正中《鹊踏枝》十四阕，郁伊惝恍，义兼比兴，蒙耆诵焉。春日端居，依次属和。就均成词，无关寄托，而章句尤为凌杂。忆云生云：“不为无益之事，何以遣有涯之生？”三复前言，我怀如揭矣。时光绪丙申三月二十八日。录十。）

落蕊残阳红片片。懊恨比邻，尽日流莺转。似雪杨花吹又散，东风无力将春限。　　慵把香罗裁便面。换到轻衫，欢意垂垂浅。襟上泪痕犹隐见，笛声催按梁州遍。

斜日危阑凝伫久。问讯花枝，可是年时旧？浓睡朝朝如中酒，谁怜梦里人消瘦。　　香阁帘栊烟阁柳。片霎氤氲，不信寻常有。休遣歌筵回舞袖，好怀珍重春三后。

谱到阳关声欲裂。亭短亭长，杨柳那堪折。挑菜湔裙春事歇，带罗羞指同心结。　　千里孤光同皓月。画角吹残，风外还呜咽。有限坠欢争忍说，伤生第一生离别。

风荡春云罗袢薄。难得轻阴，芳事休闲却。几日啼鹃花又落，绿笺莫忘深深约。　　老去吟情浑寂寞。细雨簷花，空忆灯前酌。隔院玉箫声乍作。眼前何物供哀乐。

漫说目成心便许。无据杨花，风里频来去。怅望朱楼难寄语，伤春谁念司勋误。　　枉把游丝牵弱缕。几片闲云，迷却相思路。锦帐珠帘歌舞处，旧欢新恨思量否？

昼日恹恹惊夜短。片霎欢娱，那惜千金换。燕昵莺颦春不管，敢辞弦索为君断。　　隐隐轻雷闻隔岸。暮雨朝霞，咫尺迷银汉。独对舞衣思旧伴，龙山极目烟尘满。

望远愁多休纵目。步绕珍丛，看笋将成竹。晓露暗垂珠孬藙，芳林一带如新浴。　　簷外青山森碧玉。梦里骖鸾，记过清湘曲。自定新弦移雁足，弦声未抵归心促。谁遣春韶随水去。醉倒芳尊，忘却朝和暮。换尽大堤芳草路，倡条都是相思树。　蜡烛有心灯解语。泪尽唇焦，此恨消沉否。坐对东风怜弱絮，萍飘后日知何处。对酒肯教欢意尽。醉醒恹恹，无那忺春困。锦字双行笺别恨，泪珠界破残妆粉。　轻燕受风飞远近。消息谁传？盼断乌衣信。曲几无憀闲自隐。镜奁心事孤鸾鬓。几见花飞能上树。难系流光，枉费垂杨缕。筝雁斜飞排锦柱。只伊不解将春去。　漫诩心情粘地絮。容易飘飏，那不惊风雨。倚遍阑干谁与语？思量有恨无人处。（据《半塘词稿·鹜翁集》）

②《半塘定稿》，存《鹊踏枝》六阕，删去前注中之第三、第六、第七、第九四阕。

72（删25）

固哉，皋文之为词也！飞卿《菩萨蛮》、永叔《蝶恋花》、子瞻《卜算子》，皆兴到之作，有何命意？皆被皋文深文罗织。[1] 阮亭《花草蒙拾》谓："坡公命宫磨蝎[2]，生前为王珪、舒亶辈所苦[3]，身后又硬受此差排。"[4] 由今观之，受差排者，独一坡公已耶？

〔注〕

①温庭筠　菩萨蛮

小山重叠金明灭，鬓云欲度香腮雪。懒起画娥眉，弄妆梳洗迟。　　照花前后镜，花面交相映。新帖绣罗襦，双双金鹧鸪。（据《花间集校》）

张惠言《词选》评云："此感士不遇也。篇法仿佛《长门赋》，而用节节逆叙。此章从梦晓后领起'懒起'二字，含后文情事。'照花'四句，《离骚》初服之意。"（屈原《离骚》"进不入以离尤兮，退将复修吾初服。"——引者）

欧阳修《蝶恋花》，应为冯延巳《鹊踏枝》。（参见第33条注①）

此词张惠言《词选》作欧阳修词，并评云："'庭院深深'，闺中既以邃远也。'楼高不见'，哲王又不寤也。'章台游冶'，小人之径。'雨横风狂'，政令暴急也。'乱红飞去'，斥逐者非一人而已，殆为韩、范作乎？"（韩、范指韩琦、范仲淹。——引者）

苏轼　卜算子

缺月挂疏桐，漏断人初静。谁见幽人独往来，缥缈孤鸿影。　　惊起却回头，有恨无人省。拣尽寒枝不肯栖，寂寞沙洲冷。（据《宋六十名家词·东坡词》，四部备要本）

张惠言《词选》评云："此东坡在黄州作。鲖阳居士云：'缺月'，刺明微也。'漏断'，暗时也。'幽人'，不得志也。'独往来'，无助也。'惊鸿'，贤人不安也。'回头'，爱君不忘也。'无人省'，君不察也。'拣尽寒枝不肯栖'，不偷安于高位也。'寂寞沙洲冷'，非所安也。此词与《考槃》诗极相似。"（《考槃》见《诗经·卫风》。《毛传》云："《考槃》，刺庄公也。不能继先公之业，使贤者退而穷处。"——引者）

② 命宫磨蝎　磨蝎，天上星宿名。命宫磨蝎是说命运不佳，受到种种折磨。苏轼《东坡志林》云："退之诗云：'我生之辰，月宿直（南）斗。'乃知退之磨蝎为身宫，而仆乃以磨蝎为命，平生多得谤誉，殆是同病也。"（据中华书局本）

③ 苏轼反对王安石变法，在诗歌里有时揭露新法执行中的流弊。李定、舒亶、何正臣等人断章取义、深文罗织，上奏章弹劾。苏轼被逮捕下狱。这就是所谓"乌

台诗案”或“湖州诗案”。

《宋史·苏轼传》：“徙知湖州……以事不便民者不敢言，以诗托讽，庶有补于国。御史李定、舒亶、何正臣摭其表语，并媒蘖所为诗以为讪谤，逮赴台狱，欲置之死，锻炼久之不决。神宗独怜之，以黄州团练副使安置。”（据中华书局本）

《续资治通鉴》“神宗元丰二年”：“御史中丞李定言：‘知湖州苏轼，本无学术，偶中异科。……及陛下修明政事，怨不用己，遂一切毁之，以为非是。伤教乱俗，莫甚于此，伏望断自天衷，特行典宪。’御史舒亶言：‘轼近上谢表，颇有讥切时政之言，流俗翕然争相传诵。陛下发钱以本业贫民，则曰：“赢得儿童语言好，一年强半在城中。”陛下明法以课试群吏，则曰：“读书万卷不读律，致君尧舜知无术。”陛下兴水利，则曰：“东海若知明主意，应教斥卤变桑田。”陛下谨盐禁，则曰：“岂是闻韶解忘味，尔来三月食无盐。”其他触物即事，应口所言，无一不以诋谤为主。小则镂板，大则刻石，传播中外，自以为能。’并上轼印行诗三卷，御史何正臣亦言轼愚弄朝廷，妄自尊大。”（据中华书局本）

④ 王士禛《花草蒙拾》在引用了鲖阳居士对于苏轼《卜算子》的解释后，云："村夫子强作解事，令人欲呕。""仆尝戏谓：坡公命宫磨蝎。湖州诗案，生前为王珪、舒亶辈所苦，身后又硬受此差排耶？"

73（48）

周介存谓："梅溪词中，喜用'偷'字，足以定其品格。"① 刘融斋谓："周旨荡而史意贪。"② 此二语令人解颐。

〔注〕

① 见周济《介存斋论词杂著》。史达祖词中喜用"偷"字，如"做冷欺花，将烟困柳，千里偷催春暮"。（《绮罗香》咏春雪）"巧沁兰心，偷沾草甲，东风欲障新暖。"（《东风第一枝》春雪）"讳道相思，偷理绡裙，自惊腰衩。"（《三姝媚》）"轻衫未揽，犹将泪点偷藏。"（《夜合花》）等。

② 参见第8条注④。

74（删26）

贺黄公谓："姜论史词，不称其'软语商量'，而称其'柳昏花暝'，固知不免项羽学兵法之恨。"①然"柳昏花暝"②自是欧、秦辈吐属，后句为胜。吾从白石，不能附合黄公矣。

〔校〕

"然'柳昏花暝'自是欧、秦辈吐属，后句为胜"，原稿最初作"二句境界自以后句为胜"，后改为"前句画工之笔，后句化工之笔"，最后改成现在的文字。通行本作"自是欧、秦辈句法，前后有画工化工之殊"。

〔注〕

① 见贺裳《皱水轩词筌》，"称"作"赏"。

② 史达祖　双双燕（咏燕）

过春社了，度帘幕中间，去年尘冷。差池欲住，试入旧巢相并。还相雕梁藻井。又软语商量不定。飘然快拂花梢，翠尾分开红影。　芳径。芹泥雨润。爱贴地争飞，竞夸轻俊。红楼归晚，看足柳昏花暝。应自栖香

正稳。便忘了，天涯芳信。愁损翠黛双娥，日日画阑独凭。（据《全宋词》）

黄昇《花庵词选》此词后注：“姜尧章极称其‘柳昏花暝’之句。”

75（38）

咏物之词，自以东坡《水龙吟》咏杨花为最工，邦卿《双双燕》次之。① 白石《暗香》《疏影》② 格调虽高，然无片语道着。③ 视古人“江边一树垂垂发”④ “竹外一枝斜更好”⑤ “疏影横斜水清浅”⑥ 等作何如耶！（按：“格调虽高”后，有已删之“而境界极浅，情味索然。乃古今均视为名作，自玉田推为绝唱⑦，后世遂无敢议之者，不可解也。试读林君复、梅圣〔原误作“舜”〕俞春草诸词⑧，工拙何如耶？”）

〔校〕

通行本“片语”作“一语”，无“竹外一枝斜更好”“疏影横斜水清浅”。

〔注〕

① 苏轼《水龙吟》参见第27条注①。史达祖《双双燕》参见第74条注②。

张炎《词源》云："诗难于咏物，词为尤难。体认稍真，则拘而不畅；模写差远，则晦而不明；要须收纵联密，用事合题，一段意思，全在结句，斯为绝妙。如史邦卿《东风第一枝》（咏春雪）、《绮罗香》（咏春雨）、《双双燕》（咏燕）、白石《暗香》《疏影》（咏梅）、《齐天乐》（赋促织）。此皆全章精粹，所咏瞭然在目，且不留滞于物。"

② 姜夔　暗香

［辛亥之冬，予载雪诣石湖。止既月，授简索句，且徵新声。作此两曲，石湖把玩不已，使工妓隶习之，音节谐婉，乃名之曰：暗香、疏影。］

旧时月色，算几番照我，梅边吹笛。唤起玉人，不管清寒与攀摘。何逊而今渐老，都忘却春风词笔。但怪得竹外疏花，香冷入瑶席。　江国，正寂寂。叹寄与路遥，夜雪初积。翠尊易泣，红萼无言耿相忆。长记曾携手处，千树压西湖寒碧。又片片、吹尽也，几时见得？

疏影

苔枝缀玉，有翠禽小小，枝上同宿。客里相逢，篱角黄昏，无言自倚修竹。昭君不惯胡沙远，但暗忆、江南江北。想佩环、月夜归来，化作此花幽独。犹记深宫旧事，那人正睡里，飞近娥绿。莫似春风，不管盈盈，早与安排金屋。还教一片随波去，又却怨、玉龙哀曲。等恁时、重觅幽香，已入小窗横幅。（据《姜白石词编年笺校》）

③ 张炎《词源》云："词要清空，不要质实；清空则古雅峭拔，质实则凝涩晦昧。姜白石词如野云孤飞，去留无迹。……如《疏影》《暗香》《扬州慢》《一萼红》《琵琶仙》《探春》《八归》《淡黄柳》等曲，不惟清空，又且骚雅，读之使人神观飞越。"

陈廷焯《白雨斋词话》云："词格之高，无过白石。"

④ 杜甫　和裴迪登蜀州东亭送客逢早梅相忆见寄

东阁官梅动诗兴，还如何逊在扬州。此时对雪遥相忆，送客逢春可自由。幸不折来伤岁暮，若为看去乱乡愁。江边一树垂垂发，朝夕催人自白头。（据《杜工部诗集》，下册）

⑤ 苏轼　和秦太虚梅花

西湖处士骨应槁，只是此诗君压倒。东坡先生心已灰，为爱君诗被花恼。多情立马待黄昏，残雪消迟月出早。江头千树春欲暗，竹外一枝斜更好。孤山山下醉眠处，点缀裙腰纷不扫。万里春随逐客来，十年花送佳人老。去年花开我已病，今年对花还草草。不知风雨卷春归，收拾余香还畀昊。（据《苏轼诗集》，中华书局本）

⑥ 林逋　山园小梅

众芳摇落独暄妍，占尽风情向小园。疏影横斜水清浅，暗香浮动月黄昏。霜禽欲下先偷眼，粉蝶如知合断魂。幸有微吟可相狎，不须檀板共金尊。（据《宋诗别裁集》，上海古籍出版社本）

⑦ 张炎《词源》云："诗之赋梅，惟和靖一联（按：指注⑥所引林逋《山园小梅》之'疏影横斜水清浅，暗香浮动月黄昏'）而已，世非无诗，不能与之齐驱耳。词之赋梅，惟姜白石《暗香》《疏影》二曲，前无古人，后无来者，自立新意，真为绝唱。太白所谓'眼前有景道不得，崔颢题诗在上头'，诚哉是言也。"

⑧ 参见第53条注②，第52条注②。

76（39）

白石写景之作，如“二十四桥仍在，波心荡、冷月无声”[①]，“数峰清苦，商略黄昏雨”[②]，“高树晚蝉，说西风消息”[③]，虽格韵高绝，然如雾里看花，终隔一层。梅溪、梦窗诸家写景之病，皆在一“隔”字。北宋风流，过江遂绝，抑真有风会存乎其间耶？

〔注〕

① 姜夔　扬州慢

［淳熙丙申至日，予过维扬。夜雪初霁，荠麦弥望。入其城则四顾萧条，寒水自碧。暮色渐起，戍角悲吟。予怀怆然，感慨今昔，因自度此曲。千岩老人以为有黍离之悲也。］

淮左名都，竹西佳处。解鞍少驻初程。过春风十里，尽荠麦青青。自胡马窥江去后，废池乔木，犹厌言兵。渐黄昏，清角吹寒，都在空城。　杜郎俊赏，算而今重到须惊。纵豆蔻词工，青楼梦好，难赋深情。二十四桥仍在，波心荡冷月无声。念桥边红药，年年知为谁

生？（据《姜白石词编年笺校》）

② 姜夔　点绛唇（丁未冬过吴松作）

燕雁无心，太湖西畔随云去。数峰清苦，商略黄昏雨。　第四桥边，拟共天随住。今何许，凭阑怀古，残柳参差舞。（同上）

③ 姜夔《惜红衣》，参见第20条注③。

77（40）

问“隔”与“不隔”之别，曰：渊明之诗不隔，韦、柳[①]则稍隔矣。东坡之诗不隔，山谷则稍隔矣。[②]“池塘生春草”[③]“空梁落燕泥”[④]等句，妙处唯在不隔。词亦如是。即以一人一词论，如欧阳公《少年游》[⑤]咏春草上半阕“阑干十二独凭春，晴碧远连云。二月三月，千里万里，行色苦愁人”，语语都在目前[⑥]，便是不隔；至云“谢家池上，江淹浦畔”则隔矣。白石《翠楼吟》[⑦]“此地。宜有词仙，拥素云黄鹤，与君游戏。玉梯凝望久，叹芳草、萋萋千里”便是不隔；至“酒祓清愁，花消英气”则隔矣。然南宋词虽不隔处，比之前人自有深浅厚薄之别。

〔校〕

“渊明之诗不隔，韦、柳则稍隔矣。”通行本作“陶、谢[8]之诗不隔，延年[9]则稍隔矣”[10]。“语语都在目前”原稿最初作“语语可以直观”。又，原稿眉端尚有已删之：“以一人之词论，如白石咏蟋蟀‘露湿铜铺，苔侵石井，都是曾听伊处’[11]，便是不隔。”

〔注〕

① 韦、柳　韦应物，参见第18条注③。柳宗元（773—819），字子厚，唐代文学家。

② 沈德潜《说诗晬语》云：“苏子瞻胸有洪炉，金银铅锡，皆归熔铸；其笔之超旷，等于天马脱羁，飞仙游戏，穷极变幻，而适如意中所欲出，韩文公后，又开辟一境界也。”“西江派黄鲁直太生，陈无己太直，皆学杜而未哜其胔者，然神理未浃，风骨独存。”（据《原诗·说诗晬语》，人民文学出版社本）

赵翼《瓯北诗话》云：“坡诗有云‘清诗要锻炼，方得铅中银’。然坡诗实不以锻炼为工；其妙处在乎心地空明，自然流出，一似全不著力，而自然沁入心脾。此其独绝也。”“东坡随物赋形，信笔挥洒，不拘一格，故虽澜翻不穷，而不见有矜心作意之处。山谷则专以拗峭避俗，不肯作一寻常语，而无从容游泳之趣。（林艾轩论苏、黄诗：‘丈夫见客，大踏步便出去，若女子，便有许多妆裹。此坡、谷之别也。’见《许彦周诗话》——赵氏原注）”（据人民文学出版社本）

③ 谢灵运　登池上楼

潜虬媚幽姿，飞鸿响远音。薄霄愧云浮，栖川怍渊沈。进德智所拙，退耕力不任。徇禄反穷海，卧痾对空林。衾枕昧节候，褰开暂窥临。倾耳聆波澜，举目眺岖嵚。初景革绪风，新阳改故阴。池塘生春草，园柳变鸣禽。祁祁伤豳歌，萋萋感楚吟。索居易永久，离群难处心。持操岂独古，无闷征在今。（据《全汉三国晋南北朝诗》，上册）《南史·谢惠连传》：谢灵运“尝于永嘉西堂思诗，竟日不就，忽梦见惠连，即得‘池塘生春草’，大以为工。常云：‘此语有神助，非吾语也。’”（据中华书局本）

④ 薛道衡　昔昔盐

垂柳覆金堤，蘼芜叶复齐。水溢芙蓉沼，花飞桃李蹊。采桑秦氏女，织锦窦家妻。关山别荡子，风月守空闺。恒敛千金笑，长垂双玉啼。盘龙随镜隐，彩凤逐帷

低。飞魂同夜鹊，倦寝忆晨鸡。暗牖悬蛛网，空梁落燕泥。前年过代北，今岁往辽西。一去无消息，那能惜马蹄。（同上）

⑤ 欧阳修《少年游》参见第53条注④。

⑥ 钟嵘《诗品》云："至乎吟咏情性，亦何贵于用事？'思君如流水'既是即目；'高台多悲风'亦惟所见；'清晨登陇首'羌无故实；'明月照积雪'讵出经史。观古今胜语，多非补假，皆由直寻。"（据《诗品注》，人民文学出版社本）

⑦ 姜夔　翠楼吟

［淳熙丙午冬，武昌安远楼成，与刘去非诸友落之，度曲见志。予去武昌十年，故人有泊舟鹦鹉洲者，闻小姬歌此词。问之，颇能道其事。还吴，为予言之。兴怀昔游，且伤今之离索也。］

月冷龙沙，尘清虎落，今年汉酺初赐。新翻胡部曲，听毡幕元戎歌吹。层楼高峙，看槛曲萦红，簷牙飞翠。人姝丽，粉香吹下，夜寒风细。　　此地，宜有词仙，拥素云黄鹤，与君游戏。玉梯凝望久，叹芳草萋萋千里。天涯情味，仗酒祓清愁，花销英气。西山外，晚来还卷、一帘秋霁。（据《姜白石词编年笺校》）

⑧ 谢　谢灵运（385—433），南北朝宋代诗人。

⑨ 延年　颜延之（384—456），字延年，南北朝宋代诗人。

⑩《南史·颜延之传》："延之与陈郡谢灵运俱以辞采齐名……延之尝问鲍照己与灵运优劣。照曰：'谢五言如初发芙蓉，自然可爱，君诗若铺锦列绣，亦雕缋满眼。'"（据中华书局本）

⑪ 参见第24条注③。

78（29）

少游词境最为凄婉。至"可堪孤馆闭春寒，杜鹃声里斜阳暮"①则变而凄厉矣。东坡赏其后二语②，犹为皮相。

〔注〕

① 秦观《踏莎行》，参见第33条注②。

② 胡仔《苕溪渔隐丛话》引惠洪《冷斋夜话》云："少游到郴州，作长短句云（按：下引《踏莎行》全文，略。——引者）。东坡绝爱其尾两句（按：即'郴江幸自绕郴山，为谁流下潇湘去'。——引者），自书于扇，曰：'少

游已矣，虽万人何赎。’”（前集）

79（9）

严沧浪[1]《诗话》曰：“盛唐诸公，惟在兴趣，羚羊挂角，无迹可求。故其妙处，透彻玲珑，不可凑泊。如空中之音、相中之色、水中之影、镜中之象，言有尽而意无穷。”[2]余谓北宋以前之词亦复如是。但沧浪所谓“兴趣”，阮亭所谓“神韵”[3]，犹不过道其面目，不若鄙人拈出“境界”二字为探其本也。

〔注〕

① 严沧浪　严羽，字仪卿、丹丘，号沧浪逋客，南宋诗论家。

② 严羽《沧浪诗话》云：“夫诗有别材，非关书也；诗有别趣，非关理也。然非多读书，多穷理，则不能极其至。所谓不涉理路，不落言筌者，上也。诗者，吟咏情性也。盛唐诸人惟在兴趣，羚羊挂角，无迹可求。故其妙处透彻玲珑，不可凑泊，如空中之音，相中之色，水中之月，镜中之象，言有尽而意无穷。”（据郭绍虞《沧

浪诗话校释》，人民文学出版社本）

钱锺书《谈艺录》云："严沧浪诗辩曰：……诗之有神韵者，如水中之月，镜中之象，透彻玲珑，不可凑泊，不涉理路，不落言筌云云，几同无字天书。以诗拟禅，意过于通，宜招钝吟之纠谬，起渔洋之误解。禅宗于文字，以胶盆粘著为大忌，法执理障，则药语尽成病语。故谷隐禅师云：才涉唇吻，便落意思，尽是死门，终非活路。（见《五灯会元》卷十二）此庄子得意忘言之说也。若诗自是文字之妙，非言无以寓言外之意。水月镜花，固可见不可捉，然必有此水而后月可印潭，有此镜而后花可映面。"（开明书店本）

③ 参见第45条注②。

钱锺书《谈艺录》云："渔洋天赋不厚，才力颇薄，乃遁而言神韵妙悟，以自掩饰。一吞半吐，撮摩虚空，往往并未悟入，已作点头微笑、闭目猛省、出口无从、会心不远之态。故余尝谓渔洋病在误解沧浪，而所以误解沧浪，正为文饰才薄，将意在言外，认为言中不必有意，将弦外余音，认为弦上无音，将有话不说，认作无话可说。……妙悟云乎哉？妙手空空已耳。"

80（41）

“生年不满百，常怀千岁忧。昼短苦夜长，何不秉烛游？”[①]“服食求神仙，多为药所误。不如饮美酒，被服纨与素。”[②]写情如此，方为不隔。“采菊东篱下，悠然见南山。山气日夕佳，飞鸟相与还。”[③]“天似穹庐，笼盖四野。天苍苍，野茫茫，风吹草低见牛羊。”[④]写景如此，方为不隔。

〔注〕

①古诗十九首（之十五）

生年不满百，常怀千岁忧。昼短苦夜长，何不秉烛游。为乐当及时，何能待来兹。愚者爱惜费，但为后世嗤。仙人王子乔，难可与等期。（据《文选》中册，中华书局本）

②古诗十九首（之十三）

驱车上东门，遥望郭北墓。白杨何萧萧，松柏夹广路。下有陈死人，杳杳即长暮。潜寐黄泉下，千载永不寤。浩浩阴阳移，年命如朝露。人生忽如寄，寿无金石固。万岁更相送，圣贤莫能度。服食求神仙，多为药所

误。不如饮美酒，被服纨与素。（同上）

③ 陶潜《饮酒》（之五），参见第33条注③。

④ 敕勒歌

敕勒川，阴山下。天似穹庐，笼盖四野。天苍苍。野茫茫。风吹草低见牛羊。（据《全汉三国晋南北朝诗》，下册）

81（删27）

“池塘春草谢家春，万古千秋五字新。[①] 传语闭门陈正字[②]，可怜无补费精神。”此遗山[③]《论诗绝句》也。美成、白石（按：四字原已删去）、梦窗、玉田辈当不乐闻此语。

〔注〕

① 谢灵运《登池上楼》：“池塘生春草。”全诗参见第77条注③。

② 陈正字　陈师道（1053—1101），字履常、无已，号后山居士，曾官秘书省正字，北宋诗人。黄庭坚《病起荆江亭即事十首》（之八）：“闭门觅句陈无已。”

③ 遗山　元好问（1190—1257），字裕之，号遗山，金代文学家，有《论诗三十首》，王氏所引为第29首。

82（64）

白仁甫《秋夜梧桐雨》剧，奇思壮采，为元曲冠冕。[①]然其词干枯质实，但有稼轩之貌而神理索然。曲家不能为词，犹词家之不能为诗，读永叔、少游诗可悟。

〔校〕

“奇思壮采”，通行本作“沈雄悲壮”。“然其词干枯质实……读永叔、少游诗可悟。”通行本作：“然所作《天籁词》，粗浅之甚，不足为稼轩奴隶。岂创者易工，而因者难巧欤？抑人各有能有不能也？读者观欧、秦之诗远不如词，足透此中消息。”

〔注〕

① 王国维《宋元戏曲考》云：“关汉卿一空倚傍，自铸伟词，而其言曲尽人情，字字本色，故当为元人第一。白仁甫、马东篱高华雄浑，情深文明。郑德辉清丽芊绵，自成馨逸，均不失为第一流。其余曲家，均在四家

范围内。”（据《王国维戏曲论文集》）

83（删28）

朱子[①]《清邃阁论诗》谓：“古人有句，今人诗更无句，只是一直说将去。这般一日作百首也得。”余谓北宋之词有句，南宋以后便无句，如玉田、草窗之词，所谓“一日作百首也得”者也。

〔注〕

① 朱子　朱熹（1130—1200），字元晦，号晦庵，南宋哲学家。

84（删29）

朱子谓：“梅圣俞诗，不是平淡，乃是枯槁。”[①]余谓草窗、玉田之词亦然。

〔注〕

① 见朱熹《清邃阁论诗》。

85（删30）

“自怜诗酒瘦，难应接许多春色。”① “能几番游？看花又是明年。”②此等语亦算警句耶？③乃值如许费力。

〔校〕

“如许费力”，通行本作“如许笔力”。

〔注〕

① 史达祖　喜迁莺

月波疑滴。望玉壶天近，了无尘隔。翠眼圈花，冰丝织练，黄道宝光相直。自怜诗酒瘦，难应接、许多春色。最无赖，是随香趁烛，曾伴狂客。　踪迹。漫记忆。老了杜郎，忍听东风笛。柳院灯疏，梅厅雪在，谁与细倾春碧。旧情拘未定，犹自学、当年游历。怕万一，误玉人、夜寒帘隙。（据《全宋词》）

② 张炎　高阳台（西湖春感）

接叶巢莺，平波卷絮，断桥斜日归船。能几番游，看花又是明年。东风且伴蔷薇住，到蔷薇、春已堪怜。更凄然。万绿西泠，一抹荒烟。　当年燕子知何处。但苔深韦曲，草暗斜川。见说新愁，如今也到鸥边。无心再续笙歌梦，掩重门、浅醉闲眠。莫开帘，怕见飞花，怕听啼鹃。（据《全宋词》）

③ 陆辅之《词旨》"警句凡九十二则"，其中有"自怜诗酒瘦，难应接许多春色"和"见说新愁，如今也到鸥边"，"莫开帘，怕见飞花，怕听啼鹃"。（后二句和"能几番游？看花又是明年"，均出于张炎《高阳台》见注②。）此条似即对此而言。

86（删31）

文文山[①]词风骨[②]甚高，亦有境界。[③]远在圣与[④]、叔夏[⑤]、公谨[⑥]诸公之上。亦如明初诚意伯[⑦]词，非季迪[⑧]、孟载[⑨]诸人所敢望也。

〔注〕

① 文文山　文天祥（1236—1282），字宋瑞、履善，号文山。他在宋末坚持抗元，被俘不屈而死。

② 刘勰《文心雕龙·风骨》云："结言端直，则文骨成焉；意气骏爽，则文风清焉。""练于骨者，析辞必

精，深乎风者，述情必显。捶字坚而难移，结响凝而不滞，此风骨之力也。”

③ 刘熙载《艺概·词曲概》云：“文文山词有‘风雨如晦，鸡鸣不已’之意，不知者以为变声，其实乃变之正也。故词当合其人之境地以观之。”

④ 圣与　蒋捷，字胜欲，号竹山，南宋词人。

⑤ 叔夏　张炎，参见第14条注②。

⑥ 公谨　周密，参见第23条注③。

⑦ 诚意伯　刘基（1311—1375），字伯温，封诚意伯，明初开国功臣，文学家。

⑧ 季迪　高启（1336—1374），字季迪，明代文学家。

⑨ 孟载　杨基（1326—1378后），字孟载，明代文学家。

87（删32）

和凝[①]《长命女》词：“天欲晓。宫漏穿花声缭绕，窗里星光少。　　冷霞寒侵帐额，残月光沈树杪。梦断锦闱空悄悄。强起愁眉小。”此词前半，不减夏英公《喜迁莺》[②]也。此词见《乐府雅词》[③]，《历代诗余》[④]选之。（按：此条原已删去）

〔注〕

① 和凝（898—955），字成绩，五代词人。

② 夏竦《喜迁莺》，参见第3条注⑦。

③《乐府雅词》，词总集。南宋曾慥编。三卷，拾遗二卷。选录宋代词人三十四家作品。

④《历代诗余》，即《御选历代诗余》，词总集。清康熙时沈辰垣等奉敕编。共一百二十卷，包括词一百卷，“词人姓氏”及“词话”各十卷。辑录自唐至明词九千余首。

88（删33）

宋《李希声诗话》曰：“唐人作诗正以风调高古为主，虽意远语疏皆为佳作。后人有切近的当、气格凡下者，终使人可憎。”[①] 余谓北宋词亦不妨疏远。若梅溪以降，正所谓“切近的当、气格凡下”者也。

〔注〕

① 见魏庆之《诗人玉屑》、郭绍虞《宋诗话辑佚》，“唐人”应为“古人”。

89

毛西河[1]《词话》谓：赵德麟令畤[2]作《商调鼓子词》谱西厢传奇，为杂剧之祖。[3]然《乐府雅词》卷首所载秦少游、晁补之[4]、郑彦能（名仅）[5]《调笑转踏》[6]首有致语，末有放队，每调之前有口号诗，甚似曲本体例。无名氏《九张机》[7]亦然。至董颖《道宫薄媚》[8]大曲咏西子事，凡十只曲，皆平仄通押，则竟是套曲。此可与《弦索西厢》[9]同为曲家之荜路[10]。曾氏[11]置诸《雅词》卷首，所以别之于词也。颖字仲达，绍兴[12]初人，从汪彦章[13]、徐师川[14]游，彦章为作《字说》。见《书录解题》[15]。（按：此条原已删去）

〔注〕

① 毛西河　毛奇龄（1623—1716），字大可，号初晴，又号西河，清代经学家、文学家。

② 赵德麟　赵令畤，字德麟，北宋词人。

③ 王国维《戏曲考原》云："赵德麟（令畤）之商调《蝶恋花》，述《会真记》事，凡十阕，并置原文于曲前，又

以一阕起，一阕结，之视后世戏曲之格律，几于具体而微。……原词具载《侯鲭录》中……德麟此词，毛西河《词话》已视为词曲之祖。”（据《王国维戏曲论文集》）商调《蝶恋花》文繁不录。

④ 晁补之（1053—1110），字无咎，北宋词人。

⑤ 郑彦能　郑仅，字彦能，北宋词人。

⑥《调笑转踏》　原载曾慥编《乐府雅词》，王国维《戏曲考原》《唐宋大曲考》曾引用，文繁不录。

⑦ 无名氏　九张机

［醉留客者，乐府之旧名；九张机者，才子之新调。凭戞玉之清歌，写掷梭之春怨。章章寄恨，句句言情。恭对华筵，敢陈口号。

一掷梭心一缕丝，连连织就九张机。从来巧思知多少，苦恨春风久不归。］

一张机。织梭光景去如飞。兰房夜永愁无寐。呕呕轧轧，织成春恨，留著待郎归。

两张机。月明人静漏声稀。千丝万缕相萦系。织成一段，回文锦字，将去寄呈伊。

三张机。中心有朵要花儿。娇红嫩绿春明媚。君须早折，一枝浓艳，莫待过芳菲。

四张机。鸳鸯织就欲双飞。可怜未老头先白。春波碧草，晓寒深处，相对浴红衣。

五张机。芳心密与巧心期。合欢树上枝连理。双头花下，两同心处，一对化生儿。

六张机。雕花铺锦半离披。兰房别有留春计。炉添小篆，日长一线，相对绣工迟。

七张机。春蚕吐尽一生丝。莫教容易裁罗绮。无端翦破，仙鸾彩凤，分作两般衣。

八张机。纤纤玉手住无时。蜀江濯尽春波媚。香遗囊麝，花房绣被，归去意迟迟。

九张机。一心长在百花枝。百花共作红堆被。都将春色，藏头裹面，不怕睡多时。

轻丝。象床玉手出新奇。千花万草光凝碧。裁缝衣著，春天歌舞，飞蝶语黄鹂。

春衣。素丝染就已堪悲。尘世昏污无颜色。应同秋扇，从兹永弃。无复奉君时。

歌声飞落画梁尘。舞罢春风卷绣茵。更欲缕成机上恨。尊前忽有断肠人。敛袂而归，相将好去。

同前

一张机。采桑陌上试春衣。风晴日暖慵无力。桃花枝上，啼莺言语，不肯放人归。

两张机。行人立马意迟迟。深心未忍轻分付。回头一笑，花间归去，只恐被花知。

三张机。吴蚕已老燕雏飞。东风宴罢长洲苑。轻绡催趁，馆娃宫女，要换舞时衣。

四张机。咿哑声里暗颦眉。回梭织朵垂莲子。盘花易绾，愁心难整，脉脉乱如丝。

五张机。横纹织就沈郎诗。中心一句无人会。不言愁恨，不言憔悴，只恁寄相思。

六张机。行行都是耍花儿。花间更有双蝴蝶。停梭一晌，闲窗影里，独自看多时。

七张机。鸳鸯织就又迟疑。只恐被人轻裁剪。分飞两处，一场离恨，何计再相随。

八张机。回纹知是阿谁诗。织成一片凄凉意。行行读遍，厌厌无语，不忍更寻思。

九张机。双花双叶又双枝。薄情自古多离别。从头到底，将心萦系，寄过一条丝。（据《全宋词》）

⑧《道宫薄媚》　原载曾慥编《乐府雅词》，王国维《唐宋大曲考》《戏曲考原》《宋元戏曲考》均曾引用，文繁不录。

⑨《弦索西厢》　即《西厢记诸宫调》，金代董解元作。

⑩ 荜路　荜路蓝缕，语出《左传·宣公十二年》：“荜路蓝缕，以启山林。”后世用以形容创业之艰辛。这里王氏是说鼓子词、大曲、诸宫调为元杂剧的形成开辟了道路，杂剧的体制是从这些艺术形式发展演化而成的。参见第90条。

⑪ 曾氏　曾慥，字端伯，自号至游子，南宋词人。《乐府雅词》编者。

⑫ 绍兴（1131—1162），南宋高宗赵构年号。

⑬ 汪彦章　汪藻（1079—1154），字彦章，南宋诗人。

⑭ 徐师川　徐俯，字师川，南宋诗人。

⑮《直斋书录解题》，南宋陈振孙撰。

90

宋人遇令节、朝贺、宴会、落成等事，有“致语”一种。宋子京、欧阳永叔、苏子瞻、陈后山、文宋瑞集中皆有之。《啸余谱》列之于词曲之间。其式：先“教坊致语”（四六文），次“口号”（诗），次“勾合曲”（四六文），次“勾小儿队”（四六文），次“队名”（诗二句），次“问小儿”“小儿致语”，次“勾杂剧”（皆四六文），次“放队”（或诗或四六文）。若有女弟子队，则勾女弟子队如前。[1]其所歌之词曲与所演之剧，则自伶人定之。少游、补之之《调笑》乃并为之作词。元人杂剧乃以曲代之，曲中楔子、科白、上下场诗，犹是致语、口号、勾队、放队之遗也。此程明善[2]《啸余谱》所以列致语于词曲之间者也。（按：此条原已删去）

〔注〕

① 参见王国维《戏曲考原》。

② 程明善　字若水，明人。

91（删34）

自竹垞痛贬《草堂诗余》[1]而推《绝妙好词》[2]，后人群附合之。[3]不知《草堂》虽有亵诨之作，然佳词恒得十之六七。[4]《绝妙好词》则除张、范、辛、刘[5]诸家外，十之八九皆极无聊赖之词。甚矣，人之贵耳贱目也。（按：另有已删之“古人云‘小好小惭，大好大惭’[6]，洵非虚语”。）

〔注〕

①《草堂诗余》，参见第39条注④。

②《绝妙好词》　词总集。南宋末周密编。选录南宋初期张孝祥至仇远词共一百三十二家近四百首。

朱彝尊《书〈绝妙好词〉后》云："词人之作，自《草堂诗余》盛行，屏去激楚、阳阿，而巴人之唱齐进矣。周公谨《绝妙好词》选本虽未全醇，然中多俊语，方诸《草堂》所录，雅俗殊分。"（据《曝书亭全集》）

③《绝妙好词》，张炎《词源》称其"精粹"。但宋元之际，似已很难见到，所以张炎还说"惜此板不存"。元明两代，名存书佚。清康熙年间，以当时著名藏书家钱曾（遵王）的钞本，刊版流行。当时对此书评价甚高。钱曾《述古堂藏书题词》云："选录精允，清言秀句，层见叠出，诚词家之南董也。"柯煜《绝妙好词序》云："谢氏五车，未足方其名贵，田宏万卷，犹当逊其珍奇。得此一编，如逢拱璧。"《四库全书总目提要》也称其"去取谨严，犹在曾慥《乐府雅词》、黄昇《花庵词选》之上"。宋翔凤《乐府余论》云："南宋词人系情旧京，凡言归路、言家山、言故国，皆恨中

原隔绝。此周公谨氏《绝妙好词》所由选也。”

④《四库全书总目提要》“类编草堂诗余”条云：“朱彝尊作《词综》，称《草堂》选词可谓无目，其诋之甚至。今观所录，虽未免杂而不纯，不及《花间》诸集之精善，然利钝互陈，瑕瑜不掩，名章俊句亦错出其间。一概诋排，亦未为公论。”

⑤张、范、辛、刘　张孝祥、范成大、辛弃疾、刘过。

⑥韩愈《与冯宿论文书》云：“时时应事作俗下文字，下笔令人惭。及示人，则以为好矣。小惭者亦蒙谓之小好，大惭者即必以为大好矣。”（据《韩昌黎集》）

92

明顾梧芳刻《尊前集》[①]二卷，自为之引。并云：明嘉禾顾梧芳编次。毛子晋刻《词苑英华》疑为梧芳所辑。朱竹垞跋称：吴下得吴宽手钞本，取顾本勘之，靡有不同，因定为宋初人编辑。《提要》两存其说。[②]按《古今词话》[③]云：“赵崇祚《花间集》[④]载温飞卿《菩萨蛮》甚多，合之吕鹏《尊前集》不下二十阕。”今考顾刻所载飞卿《菩萨蛮》五首，除“咏泪”一首外，皆《花间》所有，知顾刻虽非自编，亦非复吕鹏所编之旧矣。《提要》又云：“张炎《乐府指迷》虽云唐人有《尊前》《花间集》，然《乐府指迷》真出张炎与否，盖未可定。陈直斋《书录解题》‘歌词类’以《花间集》为首，注曰：此近世倚声填词之祖，而无《尊前集》之名。不应张炎见之而陈振孙不见。”⑤然《书录解题》“阳春集”条下引高邮崔公度语曰：“《尊前》《花间》往往谬其姓氏。”公度元（按：原误作“公”）祐⑥间人，《宋史》有传。则北宋，固有此书，不过直斋未见耳。

又案：黄昇《花庵词选》李白《清平乐》下注云“翰林应制”。又云“案：唐吕鹏《遏云集》载应制词四首，以后二首无清逸气韵，疑非太白所作”云云。今《尊前集》所载太白《清平乐》有五首，岂《尊前集》一名《遏云集》，而四首五首之不同，乃花庵所见之本略异欤？又，欧阳炯⑦《花间集序》谓：“明皇朝有李太白应制《清平乐》四首。”则唐末时只有四首，岂未一首为梧芳所羼入，非吕鹏之旧欤？⑧（按：此条原已删去。）

〔注〕

①《尊前集》　词总集。共录唐五代作家三十余人，词二百余首。

②⑤《四库全书总目提要》“尊前集”条云：“不著编辑者姓名。前有万历间嘉兴顾梧芳序云：‘余爱《花间集》，欲播传之，而余斯编弟有类焉。’似即梧芳所辑。故毛晋亦谓梧芳采录名篇，厘为二卷。而朱彝尊跋，则谓于吴下得吴宽手钞本，取顾本勘之，词人之先后，乐章之次第，靡有不同，因定为宋初人编辑。考宋张炎《乐府指迷》曰：‘粤自隋唐以来，声诗间为长短句，至唐人则有《尊前》《花间集》。’似乎此书与《花间集》皆为五代旧本。然《乐府指迷》一云沈伯时作，又云顾阿瑛作，其为真出张炎与否，盖未可定。又，陈振孙《书录解题》‘歌词类’以《花间集》为首。注曰：‘此近世倚声填词之祖。’而无《尊前集》之名。不应张炎见之而陈振孙不见。彝尊定为宋本，亦未可尽凭。疑以传疑，无庸强指。且就词论词，原不失为《花间》之骖乘。玩其情采，足资沾溉，亦不必定求其人以实之也。”

③《古今词话》，清代沈雄编，参见第93条。

④《花间集》，参见第6条注④。

⑥ 元祐（1086—1094），北宋哲宗赵煦年号。

⑦ 欧阳炯（896—971），五代后蜀词人。

⑧ 王国维《庚辛之间读书记》“尊前集”条：“《尊前集》二卷，明刊本，题明嘉禾顾梧芳编次，东吴史叔成释。前有万历壬午梧芳自序，盖其自刊本也。梧芳序云：‘余素爱《花间集》胜《草堂诗余》，欲播传之，曩岁刻于吴兴茅氏，兼有附补，而余斯编第有类焉。’其意盖以为自编也。毛氏《词苑英华》重刊此本，跋曰：‘雍熙间有集唐末五代词命名《家宴》，为其可以侑觞也，又有名《尊前集》者，殆亦类此，惜其本不传。嘉禾顾梧芳氏采录名篇，厘为二卷，仍其旧名’云云，则毛氏亦以此为梧芳自编也。唯朱竹垞《曝书亭集》跋此本则云：‘康熙辛酉冬，余留白下，有持吴文定公手钞本告售，书法精楷，卷首识以私印。取刊本勘之，词人之先后，乐章之次第，靡有不同，始知是集为宋初人编辑。’《四库总目》亦采其说，而颇以其名不见宋人书目为疑。余按：《碧鸡漫志》‘清平乐’‘麦秀两歧’二条下，均引《尊前集》。《直斋书录解题》‘阳春录’条下，引崔公度序云：‘《花间》《尊前》往往谬其姓氏。’则宋时固有此书矣。且《南唐二主词》为高、孝间人所辑，而《虞美人》以下八首，《蝶恋花》《菩萨蛮》）二首，皆注见《尊前

集》，今此本皆有之，惟阙《临江仙》一首（恐顾氏以有阙字删去——王氏原注），则南宋人所见之本与此本略同。至编次出何人手，不见纪载。唯《历代诗余》引《古今词话》云：‘赵崇祚《花间集》载温飞卿《菩萨蛮》甚多，合之吕鹏《尊前集》不下二十阕（按：《古今词话》一为宋杨湜撰，一为国朝沈雄撰。杨书已佚，颇散见宋人书中。此系不知杨书或沈书，然当有所本。——王氏原注）。’则以此集为吕鹏作。吕鹏亦罕见纪载。黄昇《花庵词选》李白《清平乐》下注：按唐吕鹏《遏云集》载应制词四首，后二首无清逸气韵，疑非太白所作。今此本所载太白应制《清平乐》有五首，则与吕鹏《遏云集》不合。又，欧阳炯《花间集序》云：‘明皇朝有李白应制《清平乐》四首。’则唐末宋初只有四首，末首自系后人羼入。然则此本虽非梧芳所编，亦非吕鹏之旧矣。此本前有毆舫朱文长印，即竹垞旧藏。而竹垞跋此书乃云不著编次人姓氏。殆作跋时未检原书，抑欲伸其宋初人编辑之说，故没其事也？不知明人所题编次纂辑等语全不足据。此本亦题东吴史叔成释，何尝释一字耶？拈出此事，可供目录家一粲也。”（据《海宁王静安先生遗书》）

93

《提要》载："《古今词话》六卷，国朝沈雄纂。雄字偶僧，吴江人。是编所述上起于唐，下迄康熙中年。"然维见明嘉靖[①]前白口本《笺注草堂诗余》林外《洞仙歌》[②]下引《古今词话》云："此词乃近时林外题于吴江垂虹亭。"（明刻《类编草堂诗余》亦同）案：升庵[③]《词品》云："林外字岂尘，有《洞仙歌》书于垂虹亭畔。作道装，不告姓名，饮醉而去。人疑为吕洞宾[④]。传入宫中。孝宗[⑤]笑曰：'"云崖洞天无锁"，"锁"与"老"叶均，则"锁"音"扫"，乃闽音也。'侦问之，果闽人林外也。"（《齐东野语》[⑥]所载亦略同。）则《古今词话》宋时固有此书。岂雄窃此书而复益以近代事欤？又，《季沧苇书目》[⑦]载《古今词话》十卷，而沈雄所纂只六卷，益证其非一书矣[⑧]。

〔注〕

① 嘉靖（1522—1566），明世宗朱厚熜年号。

② 林外　洞仙歌

飞梁压水，虹影澄清晓。橘里渔村半烟草。今来古往，物是人非，天地里，唯有江山不老。　雨中风帽。四海谁知我。一剑横空几番过。按玉龙、嘶未断，月冷波寒。归去也、林屋洞天无锁。认云屏烟障是吾庐，任满地苍苔，年年不扫。（据《全宋词》）

③ 升庵　杨慎（1488—1559），字用修，号升庵，明代文学家。

④ 吕洞宾　民间传说中的八仙之一。名岩，号纯阳子。胡仔《苕溪渔隐丛话》云：《洞仙歌》“人以为吕仙作”。

⑤ 孝宗　南宋孝宗赵昚。

⑥《齐东野语》　南宋周密撰。

⑦《季沧苇书目》　季振宜撰。振宜字诜兮，号沧苇，清代藏书家。

⑧ 沈雄《古今词话》“凡例”云：“词话者，旧有《古今词话》一书，撰述名氏久矣失传，又散见一二则于诸刻。兹仍旧名，而断自六朝，分为四种，据旧辑及新钞者，前后登之，一见制词之原委，一见命调之异同，僭为纂述，以鸣一时之盛。”（据《词话丛编》本）

94（53）

陆放翁跋《花间集》谓："唐季五代，诗愈卑，而倚声者辄简古可爱。能此不能彼，未可以理推也。"《提要》驳之，谓"犹能举七十斤者，举百斤则蹶，举五十斤则运掉自如"。[①]其言甚辨。然谓词格必卑于诗，余未敢信。善乎陈卧子之言曰："宋人不知诗而强作诗，故终宋之世无诗。然其欢愉愁苦之致动于中而不能抑者，类发于诗余，故其所造独工。"[②]唐季五代之词独胜，亦由此也。

〔注〕

①《四库全书总目提要》"花间集"条云："后有陆游二跋。……其二称'唐季五代，诗愈卑，而倚声者辄简古可爱。能此不能彼，未易以理推也'。不知文之体格有高卑，人之学力有强弱。学力不足副其体格，则举之不足。学力足以副其体格，则举之有余。律诗降于古诗，故中晚唐古诗多不工，而律诗则时有佳作。词又降于律诗，故五季人诗不及唐，词乃独胜。此犹能举七十斤者，举百斤则蹶，举五十斤则运掉自如，有何不可理

推乎？”

② 陈子龙《王介人诗余序》云：“宋人不知诗而强作诗，其为诗也，言理而不言情，故终宋之世无诗焉。然宋人亦不免于有情也，故凡其欢愉愁怨之致，动于中而不能抑者，类发于诗余。故其所造独工，非后世可及。盖以沉至之思，而出之必浅近，使读之者，骤遇如在耳目之表，久诵而得隽（原作沉）永之趣，则用意难也；以嬛利之词，而制之实工练，使篇无累句，句无累字，圆润明密，言如贯珠，则铸词（原作调）难也；其为体也纤弱，所谓明珠翠羽，尚兼其重，何况龙鸾？必有鲜妍之姿，而不藉粉泽，则设色难也；其为境也婉媚，虽以警露取妍，实贵含蓄有余不尽，时在低回唱叹之际，则命篇难也。惟宋人专力事之，篇什既多，触境皆会，天机所启，若出自然。虽高谈大雅，而亦觉其不可废。何则？物有独至，小道可观也。”（据《陈卧子先生安雅堂稿》，并据《历代诗余·词话》引校改。）

95（删37）

"君王枉把平陈业，换得雷塘数亩田"①，政治家之言也。"长陵亦是闲邱陇，异日谁知与仲多"②，诗人之言也。政治家之眼，域于一人一事。诗人之眼，则通古今而观之。③词人观物，须用诗人之眼，不可用政治家之眼。故感事、怀古等作，当与寿词同为词家所禁也。

〔注〕

① 罗隐　炀帝陵

入郭登桥出郭船，红楼日日柳年年。君王忍把平陈业，只博（换）雷塘数亩田。（据《全唐诗》）

据《隋书·炀帝纪》：杨广死后，宇文化及把他"葬吴公台下"，"大唐平江南之后改葬雷塘"。

② 唐彦谦　仲山（高祖兄仲隐居之所）

千载遗踪寄薜罗，沛中乡里汉山河。长陵亦是闲丘垅，异日谁知与仲多。（据《全唐诗》）

《汉书·高帝纪》："置酒前殿。上奉玉卮为太上皇寿，曰：'始大人常以臣无赖，不能治产业，不如仲力。今某之业所就，孰与仲多？’殿上群臣皆称万岁。”

③ 所谓“诗人之眼，则通古今而观之”即是不局限于政治上的利害得失，进入纯粹的审美静观的境地。王国维《红楼梦评论》云：“美术之为物，欲者不观，观者不欲；而艺术之美所以优于自然之美者，全存于使人易忘物我之关系也。”（据《海宁王静安先生遗书·静庵文集》）

96（删38）

宋人小说[①]多不足信。如《雪舟脞语》谓：台州知府唐仲友眷官伎严蕊奴。朱晦庵系治之。及晦庵移去，提刑岳霖行部至台，蕊乞自便。岳问曰：去将安归？蕊赋《卜算子》词云“住也如何住”云云。[②]案：此词系仲友戚高宣教作，使蕊歌以侑觞者，见朱子《纠唐仲友奏牍》。[③]则《齐东野语》所纪朱、唐公案[④]，恐亦未可信也。

〔注〕

① 这里所说的“小说”是指传说、轶闻之类，并非指作为文学体裁的小说。朱自清《论雅俗共赏》云：“宋代的

笔记最发达，流传下来的很多。目录学家将这种笔记归在‘小说’项下。”“中国古代所谓‘小说’，原是指记述杂事的趣味作品而言。”（《朱自清古典文学论文集》上册，上海古籍出版社本）

② 邵桂子《雪舟脞语》云：“唐悦斋仲友字与正，知台州。朱晦庵为浙东提举，数不相得，至于互申。寿皇问宰执二人曲直。对曰：‘秀才争闲气耳。’悦斋眷官妓严蕊奴，晦庵捕送囹圄。提刑岳商卿霖行部疏决，蕊奴乞自便。宪使问：‘去将安归？’蕊奴赋《卜算子》，末云：‘住也如何住，去也终须去。若得山花插满头，莫问奴归处。’宪笑而释之。”（据陶宗仪《说郛》，涵芬楼本）

严蕊　卜算子

不是爱风尘，似被前身误。花开花落自有时，总是东君主。　　去也终须去，住也如何住。若得山花插满头，莫问奴归处。（《夷坚支志》庚卷十）（据《全宋词》）

③ 朱熹《按唐仲友第四状》云：“每遇仲友筵会，严蕊进入宅堂，因此密熟，出入无间，上下合干人并无阻节。今年二月二十六日宴会。夜深，仲友因与严蕊逾滥，欲

行落籍，遣归婺州永康县亲戚家。说与严蕊‘如在彼处不好，却来投奔我’。至五月十六日筵会，仲友亲戚高宣教撰曲一首，名《卜算子》。后一段云：‘去又如何去，住又如何住。但得山花插满头，休问奴归处。’”（据《朱子大全》，四部备要本）

④ 周密《齐东野语》“朱唐交奏本末”条云：“朱晦庵按唐仲友事，或云吕伯恭尝与仲友同书会有隙，朱主吕，故抑唐，是不然也。盖唐平时恃才轻晦庵，而陈同父颇为朱所进，与唐每不相下。同父游台，尝狎籍妓，嘱唐为脱籍，许之。偶郡集，唐语妓云：‘汝果欲从陈官人耶？’妓谢。唐云：‘汝须能忍饥受冻乃可。’妓闻大恚。自是陈至妓家，无复前之奉承矣。陈知为唐所卖，亟往见朱。朱问：‘近日小唐云何？’答曰：‘唐谓公尚不识字，如何作监司？’朱衔之，遂以部内有冤狱，乞再巡按。既至台，适唐出迎少稽，朱益以陈言为信。立索郡印，付以次官。乃摭唐罪具奏，而唐亦作奏驰上。时唐乡相王淮当轴。既进呈，上问王。王奏：‘此秀才争闲气耳。’遂两平其事。”（据《丛书集成初编》本）

97（删40）

唐五代之词，有句而无篇。南宋名家之词，有篇而无句。有篇有句，唯李后主降宋后之作，及永叔、子瞻、少游、美成、稼轩数人而已。

98（删41）

唐五代北宋之词家，倡优也。南宋后之词家，俗子也。二者其失相等。然词人之词，宁失之倡优而不失之俗子。以俗子之可厌，较倡优为甚故也。

99（45）

读东坡、稼轩词，须观其雅量高致[①]，有伯夷、柳下惠之风[②]。白石虽似蝉蜕尘埃，然如韦、柳之视陶公，非徒有上下床之别。

〔校〕

“然如韦、柳……上下床之别。”通行本作：“然终不免局促辕下。”

〔注〕

① 胡寅《题酒边词》云：“眉山苏轼，一洗绮罗香泽之态，摆脱绸缪宛转之度，使人登高望远，举首高歌，而逸怀浩气超然乎尘垢之外。于是《花间》为皂隶，而柳氏为舆台矣。”（据《宋六十名家词·酒边词》，四部备要本）

王灼《碧鸡漫志》云：“东坡先生非心醉于音律者，偶尔作歌，指出向上一路，新天下耳目，弄笔者始知自振。”（据《中国古典戏曲论著集成》本）

俞文豹《吹剑录》云：“东坡在玉堂日，有幕士善歌。因问：‘我词何如柳七？’对曰：‘柳郎中词，只合十七八女郎，执红牙板，歌“杨柳外晓风残月”。学士词，须关西大汉，铜琵琶铁绰板，唱“大江东去”。’”（转自《历代诗余·词话》）

刘克庄《辛稼轩集序》，周济《介存斋论词杂著》，参见第11条注⑧。

② 伯夷、柳下惠在封建社会中被认为是高风亮节之士。伯夷为殷孤竹君之子。柳下惠为春秋时鲁人。《孟子·万章下》：“孟子曰：‘伯夷，圣之清者也。……柳下惠，圣之和者也。’”《孟子·尽心下》：“孟子曰：‘圣人，百世之师也，伯夷、柳下惠是也。故闻伯夷之风者，顽夫廉、懦夫有立志。闻柳下惠之风者，薄夫敦、鄙夫宽，奋乎百世之上、百世之下，闻者莫不兴起也，非圣人而能若是乎？而况于亲炙之者乎？’”（据《孟子正义》，《诸子集成》本）

100（46）

东坡、稼轩，词中之狂。白石，词中之狷也。梦窗、玉田、西麓、草窗之词，则乡愿而已。①

〔校〕

此条通行本作：“苏辛，词中之狂。白石，犹不失为狷。若梦窗、梅溪、玉田、草窗、中（当作‘西’）麓辈，面目不同，同归于乡愿而已。”

〔注〕

①《论语·子路》："子曰：'不得中行而与之，必也狂狷乎？狂者进取，狷者有所不为也。'"《论语·阳货》："子曰：'乡原，德之贼也。'"（据《论语正义》，《诸子集成》本）　《孟子·尽心下》："万子曰：'一乡皆称原人焉，无所往而不为原人。孔子以为德之贼，何哉？'曰：'非之无举也，刺之无刺也，同乎流俗，合乎污世，居之似忠信，行之似廉洁，众皆悦之，自以为是，而不可与入尧舜之道，故曰德之贼也。孔子曰：……恶乡原，恐其乱德也。'"（据《孟子正义》）

101（删42）

《蝶恋花》（独倚危楼）① 一阕，见《六一词》，亦见《乐章集》。余谓：屯田轻薄子，只能道"奶奶兰心蕙性"② 耳。"衣带渐宽终不悔，为伊消得人憔悴"，此等语固非欧公不能道也。

〔校〕

通行本无“衣带渐宽终不悔，为伊消得人憔悴”。

〔注〕

①《蝶恋花》（独倚危楼），参见第2条注①。

② 柳永　玉女摇仙佩（佳人）

飞琼伴侣，偶别珠宫，未返神仙行缀。取次梳妆，寻常言语，有得许多姝丽。拟把名花比。恐旁人笑我，谈何容易。细思算、奇葩艳卉，惟是深红浅白而已。争如这多情，占得人间，千娇百媚。　　须信画堂绣阁，皓月清风，忍把光阴轻弃。自古及今，佳人才子，少得当年双美。且恁相偎倚。未消得、怜我多才多艺。愿奶奶、兰心蕙性，枕前言下，表余深意。为盟誓。今生断不孤鸳被。（据《全宋词》）

102（删43）

读《会真记》[①] 者，恶张生之薄幸而恕其奸非。读《水浒传》[②] 者，恕宋江之横暴而责其深险。此人人之所同也。故艳词可作，唯万不可作儇薄语。龚定庵[③] 诗云：“偶赋凌云偶倦飞，偶然闲慕遂初衣。偶逢锦瑟佳人问，便说寻春为汝归。”[4]其人之凉薄无行，跃然纸墨间。余辈读耆卿、伯可[5]词，亦有此感[6]。视永叔、希文[7]小词何如耶？

〔注〕

①《会真记》　即《莺莺传》，元稹著，唐传奇名作之一。叙张生与莺莺爱情故事。董解元《西厢记诸宫调》和王实甫《西厢记》均取材于此。

②《水浒传》　施耐庵著，以梁山农民起义为题材的我国著名长篇小说。

③ 龚定庵　龚自珍（1792—1841），又名恐祚，字璱人，号定庵，清代思想家、文学家。

④ 龚自珍《己亥杂诗三百十五首》。见《定盦全集·文集补》

⑤ 耆卿：柳永，参见第55条注①；伯可　康与之，字伯可，南宋词人。

⑥ 张炎《词源》云：“词欲雅而正，志之所之，一为情所役，则失其雅正之音；耆卿、伯可不必论，虽美成亦有所不免……所谓淳厚日变成浇风也。”

⑦ 希文　范仲淹，参见第3条注④。

103（删44）

词人之忠实，不独对人事宜然。即对一草一木，亦须有忠实之意，否则所谓游词[1]也。

〔注〕

① 游词　参见第122条注①。

104（14）

温飞卿之词，句秀也。韦端已之词，骨秀也。李重光之词，神秀也。

105（15）

词至李后主而眼界始大，感慨遂深，遂变伶工之词而为士大夫之词。周介存置诸温、韦之下，可谓颠倒黑白矣。[1]“自是人生长恨水长东。”[2]“流水落花春去也，天上人间。”[3]《金荃》[4]《浣花》[5]能有此种气象耶?

〔注〕

① 周济《介存斋论词杂著》云："李后主词，如生马驹，不受控捉。……毛嫱、西施，天下美妇人也：严妆佳，淡妆亦佳，粗服乱头，不掩国色。飞卿、严妆也；端已、淡妆也；后主、则粗服乱头矣。"

王氏认为：李煜词眼界阔大、感慨深沉、神采飞扬（"神秀"），远在辞句华美（"句秀"）的温庭筠词和风清骨俊（"骨秀"）的韦庄词之上。在他之前，早已有人提出类似的看法。明人胡应麟《诗薮》云："后主……乐府为宋人一代开山祖。盖温、韦虽藻丽，而气颇伤促，意不胜辞，至此君方是当行作家，清便宛转，词家王、孟。"和周济同属常州派的谭献对李煜词十分推重。他在《词辨》中评李煜《虞美人》二首为"神品"。另一位常州派词论家冯煦认为北宋词源于南唐二主和冯延巳。（参见第6条注②）晚清词人王鹏运赞美李煜词"超逸绝伦，虚灵在骨"，甚至称李煜为"词中之帝"。（见《半塘老人遗稿》）王氏显然受到这些看法的影响。

② 李煜　乌夜啼

林花谢了春红，太匆匆！无奈朝来寒雨晚来风。　胭脂泪，留人醉，几时重？自是人生长恨水长东！（据《李璟李煜词》）

③ 李煜　浪淘沙令

帘外雨潺潺，春意阑珊，罗衾不耐五更寒。梦里不知身是客，一晌贪欢。　独自莫凭阑！无限关山，别时容易见时难。流水落花春去也，天上人间！（同上）

④《金荃》　《金荃集》，温庭筠词集，佚。后人辑本名《金荃词》。

⑤《浣花》　《浣花词》，韦庄词集，辑本。

106（16）

词人者，不失其赤子之心者也。① 故生于深宫之中，长于妇人之手，是后主为人君所短处，亦即为词人所长处。故后主之词，天真之词也。他人，人工之词也。（按：“故后主之词……人工之词也”原已删去。）

〔校〕

通行本无原已删去之两句。

〔注〕

① 王国维《叔本华与尼采》引叔本华《世界是意志和表象》云："天才者，不失其赤子之心者也。……赤子能感也，能思也，能教也。其爱知识也，较成人为深。而其受知识也，亦视成人为易。……故自某方面观之，凡赤子皆天才也。又凡天才，自某点观之皆赤子也。"（据《海宁王静安先生遗书·静庵文集》）

《孟子·离娄下》："孟子曰：'大人者，不失其赤子之心者也。"（据《孟子正义》）

袁枚《随园诗话》云："余常谓：诗人者，不失其赤子之心者也。"（据人民文学出版社本）

107（17）

客观之诗人，不可不阅世。阅世愈深，则材料愈丰富，愈变化，《水浒传》《红楼梦》[①]之作者是也。主观之诗人，不必多阅世。阅世愈浅，则性情愈真，李后主是也。

〔校〕

"不可不阅世"，通行本作"不可不多阅世"。

〔注〕

①《红楼梦》　曹雪芹著。王国维著有《红楼梦评论》，认为《红楼梦》是“彻头彻尾的悲剧”，是“宇宙之大著述”。

108（18）

尼采谓：“一切文学，余爱以血书者。”[①] 后主之词，真所谓以血书者也。宋道君皇帝[②]《燕山亭》词[③] 亦略似之。然道君不过自道身世之戚，后主则俨有释迦[④]、基督[⑤] 担荷人类罪恶之意，其大小固不同也。

〔注〕

① 尼采（1840—1900），德国大哲学家。他在《苏鲁支语录》中说：“凡一切已经写下的，我只爱其人用血写下的书。用血写书；然后你将体会到，血便是精义。”（梵澄译，据《世界文库》本）

② 宋道君皇帝　宋徽宗赵佶（1082—1135），在位二十五年，内禅皇太子赵桓（即钦宗），尊为教主道君皇帝。

③ 赵佶　燕山亭

裁翦冰绡，打叠数重，冷淡燕脂匀注。新样靓妆，艳溢香融，羞杀蕊珠宫女。易得凋零，更多少、无情风雨。愁苦。闲院落凄凉，几番春暮。　凭寄离恨重重，这双燕，何曾会人言语。天遥地远，万水千山，知他故宫何处。怎不思量，除梦里、有时曾去。无据。和梦也、有时不做。（据《全宋词》）

④ 释迦　释迦牟尼，佛教始祖。

⑤ 基督　耶稣基督，基督教始祖。基督意为救世主。

109

楚辞之体，非屈子[①]所创也。《沧浪》[②]《凤兮》[③]之歌已与三百篇异，然至屈子而最工。五七律始于齐、梁而盛于唐。词源于唐而大成于北宋。故最工之文学，非徒善创，亦且善因。[④]（按：此条原已删去）

〔注〕

① 屈子　屈原（约前340—约前278），名平，字原，又名正则，字灵均，战国楚人，诗人。

②《沧浪》歌见《孟子·离娄》：“沧浪之水清兮，可以

濯我缨。沧浪之水浊兮。可以濯我足。”

③《凤兮》歌见《论语·微子》：“凤兮！凤兮！何德之衰？往者不可谏，来者犹可追。已而！已而！今之从政者殆而！”

④ 叶燮《原诗》云：“夫惟前者启之，而后者承之而益之；前者创之，而后者因之而广大之。……诗自三百篇以至于今，此中终始相承相成之故，乃豁然明矣。岂可以臆划而妄断者哉！”（据《原诗·一瓢诗话·说诗晬语》，人民文学出版社本）

110（30）

“风雨如晦，鸡鸣不已。”① “山峻高以蔽日兮，下幽晦以多雨。霰雪纷其无垠兮，云霏霏而承宇。”② “树树皆秋色，山山尽落晖。”③ “可堪孤馆闭春寒，杜鹃声里斜阳暮。”④气象皆相似。

〔注〕

① 诗经·郑风·风雨

风雨凄凄，鸡鸣喈喈。既见君子，云胡不夷。　风雨

潇潇，鸡鸣胶胶。既见君子，云胡不瘳。　风雨如晦，鸡鸣不已。既见君子，云胡不喜。（据《诗集传》）

② 屈原《九章·涉江》中句，文繁不录。

③ 王绩　野望

东皋薄暮望，徙倚欲何依。树树皆秋色，山山唯落晖。牧人驱犊返，猎马带禽归。相顾无相识，长歌怀采薇。（据《全唐诗》）

④ 秦观《踏莎行》中句，参见第33条注②。

111（删39）

《沧浪》《凤兮》二歌，已开楚辞体格。然楚辞之最工者，推屈原、宋玉①，而后此王褒②、刘向③之词不与焉。五古之最工者，实推阮嗣宗④、左太冲⑤、郭景纯⑥、陶渊明，而前此曹⑦、刘⑧，后此陈子昂⑨、李太白不与焉。词之最工者，实推后主、正中、永叔、少游、美成，而前此温、韦，后此姜、吴，皆不与焉。（按：此条原已删去）

〔注〕

①宋玉　战国楚国辞赋家。

②王褒　字子渊，西汉辞赋家。

③刘向（约前77—前6），本名更生，字子政，西汉文学家、文献学家。

④阮嗣宗　阮籍（210—263），字嗣宗，三国魏诗人。

⑤左太冲　左思（250？—305？），字太冲，西晋文学家。

⑥郭景纯　郭璞（276—324），字景纯，晋代文学家。

⑦曹　曹植（192—232），字子建，汉魏之际诗人。

⑧刘　刘桢（？—217），字公干，"建安七子"之一，汉末文学家。

⑨陈子昂（661—702，或656—695），字伯玉，唐代诗人。

112（删45）

读《花间》《尊前集》，令人回想徐陵[1]《玉台新咏》[2]。读《草堂诗余》，令人回想韦縠[3]《才调集》[4]。读朱竹垞《词综》[5]，张皋文、董子远[6]（按："子远"原误作"晋卿"）《词选》[7]，令人回想沈德潜[8]《三朝诗别裁集》[9]。

〔注〕

① 徐陵（507—583），字孝穆，南北朝梁、陈文学家。

②《玉台新咏》 诗歌总集。徐陵编选，收录轻靡之作颇多。

③ 韦縠 五代前蜀文学家。

④《才调集》 诗歌总集。韦縠编选。所选为唐代各时期诗歌，偏重男女情爱，风格秾艳。

⑤《词综》 词总集。朱彝尊编，汪森增定。选录唐、宋、元词六百余家，二千二百五十多首。朱、汪为清代词学浙派的创始者，论词主张“醇雅”，推崇南宋姜夔等格律派词人。

⑥ 董子远 董毅字子远，张惠言外孙。继张氏《词选》，编成《续词选》。

⑦《词选》 词总集。张惠言编选。选录唐、五代、宋四十四家词一百十六首。《续词选》，董毅编。选录一百二十首。张氏为清代常州词派的创始者，论词强调“比兴”，反对“苟为雕琢曼辞”。但解词往往深文罗织、牵强附会。《词选》和《续词选》对于词的选录和解释体现了这种思想。

⑧ 沈德潜（1673—1769），字确士，号归愚，清代文学家。

⑨《三朝诗别裁集》即《唐诗别裁集》《明诗别裁集》和《清诗别裁集》。沈德潜编选。沈氏论诗提倡“温柔敦厚”的“诗教”，反对淫靡，在一定程度上影响到选材和去取。

113（删46）

明季国初诸老[①]之论词，大似袁简斋[②]之论诗，其失也纤小而轻薄。竹垞以降之论词者[③]，大似沈归愚，其失也枯槁而庸陋。

〔注〕

① 指陈子龙、李雯、宋徵舆、宋徵璧、邹祗谟、彭孙遹、贺裳、朱彝尊、汪森诸人。

② 袁简斋　袁枚（1716—1797），字子才，号简斋、随园老人，清代文学家。

③ 指张惠言、周济、谭献、冯煦诸人。

114（44）

东坡之词旷，稼轩之词豪。[1]无二人之胸襟而学其词[2]，犹东施之效捧心[3]也。

〔注〕

① 刘熙载《艺概·词曲概》云："东坡词具神仙出世之姿。""稼轩词龙腾虎掷。""稼轩豪杰之词。"

② 陈廷焯《白雨斋词话》云："东坡心地光明磊落，忠爱根于性生，故词极超旷，而意极和平。稼轩有吞吐八荒之概，而机会不来，正则可以为郭、李，为岳、韩，变则即桓温之流亚，故词极豪雄，而意极悲郁。苏辛两家各自不同，后人无东坡胸襟，又无稼轩气概，漫为规杌，适形粗鄙耳。""东坡一派，无人能继。稼轩同时则有张、陆、刘、蒋辈，后起则有遗山、迦陵、板桥、心余辈；然愈学稼轩，去稼轩愈远。稼轩自有真耳，不得其本，徒逐其末，以狂呼叫嚣为稼轩，亦诬稼轩甚矣。"

③ 东施效捧心，即东施效颦。《庄子·天运》："西子病心而矉（颦）其里，其里之丑人，见而美之，归亦捧心

而矉其里。”意思是说美女西施因为胸部疼痛，经常在人面前捂着心口（“捧心”）皱眉头（“颦”）。她的邻居中的一个丑女看见了，觉得姿态很美，回去也学着在人面前捂心口皱眉头。《太平寰宇记》云：“越州诸暨县，有西施家、东施家。”所以后人称这个丑女为东施。东施效颦是机械地、仅仅从外表形式上模仿别人的意思。

115（删47）

东坡之旷在神，白石之旷在貌。白石如王衍口不言阿堵物①，而暗中为营三窟之计②，此其所以可鄙也。

〔注〕

① 刘义庆《世说新语》云：“王夷甫雅尚玄远，常嫉其妇贪浊，口未尝言‘钱’字。妇欲试之，令婢以钱绕床不得行。夷甫晨起，见钱阂行，呼婢曰：‘举却阿堵物。’”阿堵，六朝俗语，意思是“这个”“这东西”。这里王衍用来指钱，后世遂以“阿堵”为钱之代称。

② 齐人冯谖寄食孟尝君门下。他在替孟尝君去薛收债时，把债务全部取消，并且当众烧毁债券。薛地的民众对孟尝君感恩戴德。几年后，孟尝君被罢相回到薛，民众扶老携幼欢迎他。冯谖对他说："狡兔有三窟，仅得免死耳。今君有一窟，未得高枕而卧也。请为君复凿二窟。"于是他又到梁国去游说，梁惠王派使者聘请孟尝君去当宰相。齐王听到这个消息十分害怕，马上重新任命孟尝君为宰相。冯谖又让孟尝君请求齐王同意在薛建立宗庙。庙成后，冯谖说："三窟已就，居姑高枕为乐矣。"（见《战国策·齐策》）

116（27）

永叔"人间自是有情痴，此恨不关风与月""直须看尽洛城花，始与东风容易别"。①于豪放之中有沈著之致，所以尤高。

〔注〕

① 欧阳修　玉楼春

尊前拟把归期说。未语春容先惨咽。人生自是有情痴，

此恨不关风与月。　　离歌且莫翻新阕。一曲能教肠寸结。直须看尽洛城花，始共东风容易别。（据《全宋词》）

117（60）

诗人对自然人生，须入乎其内，又须出乎其外。入乎其内，故能写之。出乎其外，故能观之。入乎其内，故有生气。出乎其外，故有高致。[①]美成能入而不能出。白石以降，于此二事皆未梦见。

〔校〕

"自然人生"，通行本作"宇宙人生"。

〔注〕

① 龚自珍《尊史》云："史之尊非其职语言、司谤誉之谓，尊其心也。心何如而尊？善入。何者善入？天下山川形势，人心风气，土所宜，性所贵，皆知之。国之祖宗之令，下逮吏胥之所宜守，皆知之。其于言礼、言兵、言政、言狱、言掌故、言文体、言人贤否，如其言家事，可谓入矣。又如何而尊？善出。何者善出？天下

山川形势，人心风气，土所宜，姓所贵，国之祖宗之令，下逮吏胥之所守，皆有联事焉，皆非所专官。其于言礼、言兵、言政、言狱、言掌故、言文体、言人贤否，如优人在堂下号咷舞歌，哀乐万千，堂上观者，肃然踞坐，眄睐而指点焉，可谓出矣。不善入者，非实录，垣外之耳，乌能治堂中之优也耶？则史之言，必有余𥨍（吃）。不善出者，必无高情至论，优人哀乐万千，手口沸羹，彼岂复能自言其哀乐也耶？则史之言，必有余喘。”（据《定盦全集·续集》，四部备要本）

周济《宋四家词选目录序论》云：“夫词，非寄托不入，专寄托不出。一物一事，引而伸之，触类多通，驱心若游丝之罥飞英，含毫如郢斤之斲蝇翼，以无厚入有间，既习已，意感偶生，假类毕达，阅载千百，謦欬弗违，斯入矣。赋情独深，逐境必寤，酝酿日久，冥发妄中，虽铺叙平淡，摹绘浅近，而万感横集，五中无主，读其篇者，临渊窥鱼，意为鲂鲤，中宵惊电，罔识东西，赤子随母笑啼，乡人缘剧喜怒，抑可谓能出矣。”

王国维《国学丛刊序》云：“夫天下之事物，非由全不足以知曲，非致曲不足以知全。虽一物之解释、一事之决断，非深知宇宙人生之真相者不能为也；而欲知宇宙人生者，虽宇宙中之一现象、历史上之一事实，亦未始无所贡献。故深湛幽渺之思，学者有所不避焉；迂远繁琐之讥，学者有所不辞焉。事物无大小、无远近，苟思之得其真、纪之得其实，极其会归，皆有裨于人类之生存福祉。”（据《海宁王静安先生遗书·观堂别集》）

118（25）

“我瞻四方，蹙蹙靡所骋”①，诗人之忧生也。“昨夜西风凋碧树。独上高楼，望尽天涯路”②似之。“终日驰车走，不见所问津”③，诗人之忧世也。“百草千花寒食路，香车系在谁家树”④似之。

〔注〕

① 见《诗经·小雅·节南山》，文繁不录。

② 晏殊《鹊踏枝》，参见第1条注④。

③ 陶潜　饮酒二十首（之二十）

羲农去我久，举世少复真。汲汲鲁中叟，弥缝使其淳。凤鸟虽不至，礼乐暂得新。洙泗辍微响，漂流逮狂秦。诗书复何罪，一朝成灰尘。区区诸老翁，为事诚殷勤。如何绝世下，六籍无一亲！终日驰车走，不见所问津。若复不快饮，空负头上巾。但恨多谬误，君当恕醉人。（据《陶渊明集》）

④ 冯延巳　鹊踏枝

几日行云何处去？忘了归来，不道春将暮。百草千花寒食路。香车系在谁家树？　泪眼倚楼频独语。双燕飞来，陌上相逢否？撩乱春愁如柳絮。悠悠梦里无寻处。（据《阳春集》）

119（删48）

"纷吾既有此内美兮，又重之以修能。"[①] 文学之事，于此二者不可缺一。然词乃抒情之作，故尤重内美。[②] 无内美而但有修能，则白石耳。

〔校〕

"文学之事"，通行本作"文字之事"。

〔注〕

① 见屈原《离骚》。

② 内美指诗人高尚的人格。王国维《文学小言》云："三代以下之诗人，无过于屈子、渊明、子美、子瞻者。此四子者若无文学之天才，其人格亦自足千古。故无高尚伟大之人格，而有高尚伟大之文学者，殆未之有也。"《二田画庼记》云："夫绘画之可贵者，非以其所绘之物也，必有我焉以寄于物之中。故自其外而观之，则山水、云树、竹石、花草无往而非物也；自其内而观之，则子久也、仲圭也、元镇也、叔明也，吾见之于墙而闻其謦欬矣。且子久不能为仲圭，仲圭不能为元镇，元镇、叔明不能为子久、仲圭，则以子久之我非仲圭之我，而仲圭、元镇、叔明三人者，亦各自有其我故也。画之高下，视其我之高下，一人之画之高下，又视其一时之我之高下。"（据《海宁王静安先生遗书·观堂集林》）按：子久、仲圭、元镇、叔明指元代画家黄公望（字子久）、吴镇（字仲圭）、倪瓒（字元镇，号云林子）、王蒙（字叔明）。他们是元代最有影响的画家，被称为"元四家"。

120（61）

诗人必有轻视外物之意，故能以奴仆命风月。又必有重视外物之意，故能与花鸟同忧乐。

121（删49）

诗人视一切外物，皆游戏之材料也。然其游戏，则以热心为之。故诙谐与严重二性质，亦不可缺一也。[①]

〔注〕

① 王国维《文学小言》云："文学者，游戏的事业也。人之势力，用于生存竞争而有余，于是发而为游戏。……成人以后，又不能以小儿之游戏为满足，于是对其自己之情感及所观察之事物而摹写之、咏叹之，以发泄所储畜之势力。"

122

金朗甫作《词选后序》，分词为“淫词”“鄙词”“游词”三种。① 词之弊尽是矣。五代北宋之词，其失也淫。辛、刘之词，其失也鄙。姜、张之词，其失也游。（按：此条原已删去）

〔注〕

① 金应珪《词选后序》云：“近世为词，厥有三蔽：义非宋玉而独赋蓬发，谏谢淳于而唯陈履舄，揣摩床笫，污秽中冓，是谓淫词，其蔽一也。猛起奋末，分言析字，诙嘲则俳优之末流，叫啸则市侩之盛气，此犹巴人振喉以和阳春，黾蜮怒嗌以调疏越，是谓鄙词，其蔽二也。规模物类，依托歌舞，哀乐不衷其性，虑叹无与乎情，连章累篇，义不出乎花鸟，感物指事，理不外乎酬应，虽既雅而不艳，斯有句而无章，是谓游词，其蔽三也。”（据《词选》）陈廷焯《白雨斋词话》云：金氏“此论深中世病，学人必破此三蔽，而后可以为词”。

123（62）

“昔为倡家女，今为荡子妇。荡子行不归，空床难独守”①，“何不策高足，先据要路津。无为久贫贱，轗轲长苦辛”②，可谓淫鄙之尤。然无视为淫词、鄙词者，以其真也。五代北宋之大词人亦然。非无淫词，然读之者但觉其沈挚动人。非无鄙词，然但觉其精力弥满。可知淫词与鄙词之病，非淫与鄙之为病，而游之为病也。“岂不尔思，室是远而。”而子曰：“未之思也，夫何远之有？”恶其游也。

〔校〕

“沈挚动人”，通行本作“亲切动人”。

〔注〕

① 古诗十九首之二

青青河畔草，郁郁园中柳。盈盈楼上女，皎皎当窗牖。娥娥红粉妆，纤纤出素手。昔为倡家女，今为荡子妇。荡子行不归，空床难独守。（据《文选》）

② 古诗十九首之四

今日良宴会，欢乐难具陈。弹筝奋逸响，新声妙入神。令德唱高言，识曲听其真。齐心同所愿，含意俱未申。人生寄一世，奄忽若飙尘。何不策高足，先据要路津。无为守穷贱，轗轲长苦辛。（同上）

124（52）

纳兰容若以自然之眼观物，以自然之笔写情。此由初入中原，未染汉人风气，故能真切如此。同时朱①、陈②、王③、顾④诸家，便有文胜则史⑤之弊。

〔校〕

“以自然之笔写情”，通行本作“以自然之舌言情”。“同时朱、陈……之弊”，通行本作“北宋以来，一人而已”。

〔注〕

①朱　朱彝尊，参见第66条注①。

②陈　陈维崧，参见第68条注③。

③王　王士禛，参见第29条注②。

④顾　顾贞观（1637—1714），字华峰，号梁汾，清代词人。

⑤《论语·雍也》：“子曰：‘质胜文则野，文胜质则史。文质彬彬，然后君子。’”（据《论语正义》）

125（54）

四言敝而有楚辞，楚辞敝而有五言，五言敝而有七言，古诗敝而有律绝，律绝敝而有词。盖文体通行既久，染指遂多，自成陈套。豪杰之士，亦难于中自出新意，故往往遁而作他体，以发表其思想感情。一切文体所以始盛终衰者皆由于此。故谓文学今不如古，余不敢信。但就一体论，则此说固无以易也。

〔校〕

“陈套”，通行本作“习套”。“以发表其思想感情”，通行本作“以自解脱”。“今不如古”，通行本作“后不如前”。

126（63）

“枯藤老树昏鸦。小桥流水平沙[①]。古道西风瘦马。夕阳西下。断肠人在天涯。”此元人马东篱[②]《天净沙》小令也。寥寥数语，深得唐人绝句妙境。[③]有元一代词家，皆不能办此也。

〔校〕

《人间词话》原稿无此条，现附于此。

〔注〕

①“平沙”，除《历代诗余》外，诸本均作“人家”。

② 马东篱　马致远（1250？—1321到1324间），字千里，号东篱，元代文学家。

③ 王国维《宋元戏曲考》云：“《天净沙》小令，纯是天籁，仿佛唐人绝句。马东篱《秋思》一套，周德清评之，以为万中无一，明王元美等亦推为套数第一，诚定论也。此二体虽与元杂剧无涉，可知元人之于曲，天实纵之，非后世之人所能望其项背也。”（据《王国维戏曲论文集》）

下卷　人间词话附录

下卷分两部分：（一）论词语辑录，辑录《人间词话》以外的零星论词语；（二）人间词话选，从王国维《二膴轩随录》中摘出的词话部分。

（一）论词语辑录

1[①]

王君静安将刊其所为《人间词》，诒书告余曰："知我词者莫如子，叙之亦莫如子宜。"余与君处十年矣，比年以来，君颇以词自娱。余虽不能词，然喜读词。每夜漏始下，一灯荧然，玩古人之作，未尝不与君共。君成一阕，易一字，未尝不以讯余。既而暌离，苟有所作，未尝不邮以示余也。然则余于君之词，又乌可以无言乎？夫自南宋以后，斯道之不振久矣！元、明及国初诸老，非无警句也。然不免乎局促者，气困于雕琢也。嘉、道[②]以后之词，非不谐美也。然无救于浅薄者，意竭于摹拟也。君之于词，于五代喜李后主、冯正中，于北宋喜永叔、子瞻、少游、美成，于南宋除稼轩、白石外，所嗜盖鲜矣。尤痛诋梦窗、玉田。谓梦窗砌字，玉田垒句。一雕琢，一敷衍，其病不同，而同归于浅薄。六百年来词之不振，实自此始。其持论如此。及读君自所为词，则诚往复幽咽，动摇人心。快而沈，直而能曲。不屑屑于言词之末，而名句间出，殆往往度越前人。至其言近而指远，意决而辞婉，自永叔以后，殆未有工如君者也。君始为词时亦不自意其至此，而卒至此者，天也，非人之所能为也。若夫观物之微，托兴之深，则又君诗词之特色。求之古代作者，罕有伦比。呜呼！不胜古人不足以与古人并，君其知之矣。世有疑余言者乎，则何不取古人之词与君词比类而观之也？光绪丙午三月，山阴樊志厚叙。

〔注〕

① 此条和第2条，即《人间词》甲稿序和乙稿序，均录自《海宁王静安先生遗书》。这两篇序虽署名樊志厚，实出王氏手笔。徐调孚云："署名山阴樊志厚的《人间词》甲乙两稿序，据赵万里先生所作《年谱》，实在是王国维自己的作品。"（通行本《重印后记》）王幼安云："此二序虽为观堂手笔，而命意实出自樊氏，观堂废稿中曾引樊氏之语，而樊氏所赏诸词，《观堂集林》亦不尽入选，可证也。"（通行本《人间词话附录》第

22条按语）此条写于1906年，下条写于1907年。

② 嘉、道　嘉庆（1796—1820），清仁宗颙琰年号。道光（1821—1850），清宣宗旻宁年号。

2

去岁夏，王君静安集其所为词，得六十余阕，名曰《人间词甲稿》，余既叙而行之矣。今冬，复汇所作词为《乙稿》，丐余为之叙。余其敢辞。乃称曰：文学之事，其内足以摅己而外足以感人者，意与境二者而已。上焉者意与境浑，其次或以境胜，或以意胜。苟缺其一，不足以言文学。原夫文学之所以有意境者，以其能观也。出于观我者，意余于境。而出于观物者，境多于意。然非物无以见我，而观我之时，又自有我在。故二者常互相错综，能有所偏重，而不能有所偏废也。文学之工不工，亦视其意境之有无与其深浅而已。自夫人不能观古人之所观而徒学古人之所作，于是始有伪文学。学者便之，相尚以辞，相习以模拟，遂不复知意境之为何物，岂不悲哉！苟持此以观古今人之词，则其得失，可得而言焉。温、韦之精艳，所以不如正中者，意境有深浅也。珠玉[1]所以逊六一[2]，小山[3]所以愧淮海[4]者，意境异也。美成晚出，始以辞采擅长，然终不失为北宋人之词者，有意境也。南宋词人之有意境者，唯一稼轩，然亦若不欲以意境胜。白石之词，气体雅健耳，至于意境，则去北宋人远甚。及梦窗、玉田出，并不求诸气体，而惟文字之是务，于是词之道熄矣。自元迄明，益以不振。至于国朝，而纳兰侍卫[5]以天赋之才，崛起于方兴之族。其所为词悲凉顽艳，独有得于意境之深，可谓豪杰之士奋乎百世之下者矣。同时朱、陈，既非劲敌；后世项、蒋，尤难鼎足。[6]至乾、嘉以降，审乎体格韵律之间者愈微，而意味之溢于字句之表者愈浅。岂非拘泥文字，而不求诸意境之失欤？抑观我观物之事自有天在，固难期诸流俗欤？余与静安，均夙持此论。静安之为词，真能以意境胜。夫古今人词之以意胜者，莫若欧阳公。以境胜者，莫若秦少游。至意境两浑，则惟太白、后主、正中数人足以当之。静安之词，大抵意深于欧，而境次于秦。至其合作，如《甲稿》《浣溪沙》之“天末同云”、《蝶恋花》之“昨夜梦中”、《乙稿》《蝶恋花》之“百尺朱楼”等阕[7]，皆意境两忘，物我一体。[8]高蹈乎八荒之表，而抗心乎千秋之间。骎骎乎两汉之疆域，广于三代，贞观[9]之政治，隆于武德[10]矣。方之侍卫，岂徒伯仲。此固君所得于天者独深，抑岂非致力于意境之效也。至君词之体裁，亦与五代北宋为近。然君词之所以为五代北宋之词者，以其有意境在。若以其体裁故，而至遽指为五代北宋，此又君之不任受。固当与梦窗、玉田之徒，专事摹拟者，同类而笑之也。光绪三十三年十月，山阴樊志厚叙。

〔注〕

① 珠玉　晏殊，其词名《珠玉词》。

② 六一　欧阳修

③ 小山　晏几道

④ 淮海　秦观

⑤ 纳兰侍卫　纳兰性德，曾为侍卫。

⑥ 朱、陈、项、蒋　朱彝尊、陈维崧、项鸿祚、蒋春霖。参见《人间词话》第61条、第124条。

⑦ 诸词参见《人间词话》第26条注②。

⑧ 王国维《此君轩记》云："竹之为物，草木中之有特操者。……使人观之，其胸廓然而高、渊然而深、泠然而清，挹之而无穷，玩之而不可亵也。其超世之致与不可屈之节与君子为近，是以君子取焉。……其观物也，见夫类是者而乐焉。其创物也，达夫如是者而后慊焉。……善画竹者亦然。彼独有见于其原，而直以其胸中潇洒之致、劲直之气一寄之于画。其所写者，即其

所观，其所观者，即其所畜者也。物我无间，而道艺为一，与天冥合而不知其所以然。”（据《海宁王静安先生遗书·观堂集林》）

⑨ 贞观（627—649），唐太宗李世民年号。

⑩ 武德（618—626），唐高祖李渊年号。

3[①]

先生[②]于诗文无所不工，然尚未尽脱古人蹊径。平生著述，自以乐府为第一。词人甲乙，宋人早有定论。[③]惟张叔夏病其意趣不高远。[④]然北宋人如欧、苏、秦、黄，高则高矣，至精工博大，殊不逮先生。故以宋词比唐诗，则东坡似太白，欧、秦似摩诘[⑤]，耆卿似乐天[⑥]，方回、叔原则大历十子[⑦]之流。南宋惟一稼轩可比昌黎[⑧]。而词中老杜，则非先生不可。昔人以耆卿比少陵[⑨]，犹为未当也。

〔注〕

① 此条到第7条，均节自《清真先生遗事·尚论三》。

② “先生”指周邦彦，以下四条同。

③ 陈振孙《直斋书录解题》，参见《人间词话》第8条注④。

④ 张炎《词源》，参见《人间词话》第8条注④。

⑤ 摩诘　王维（701—761，或699—759），字摩诘，唐代诗人。

⑥ 乐天　白居易

⑦ 大历十子　唐代大历（766—779，唐代宗李豫年号）年间的十位诗人。《新唐书·卢纶传》云："纶与吉中孚、韩翃、钱起、司空曙、苗发、崔峒、耿讳、夏侯审、李端皆能诗，齐名，号大历十才子。"

⑧ 昌黎　韩愈（768—824），字退之，唐代文学家。

⑨ 张端义《贵耳集》引项平斋语："学诗当学杜诗，学词当学柳词。""杜诗、柳词皆无表德，只是实说。"（据《丛书集成初编》本）

4

先生之词，陈直斋谓其多用唐人诗句檃栝入律，浑然天成，张玉田谓其善于融化诗句，然此不过一端。不如强焕云"模写物态，曲尽其妙"为知言也。[①]

〔注〕

① 参见《人间词话》第8条注④。

5

山谷云："天下清景，不择贤愚而与之，然吾特疑端为我辈设。"[①]诚哉是言！抑岂独清景而已，一切境界，无不为诗人设。世无诗人，即无此种境界。夫境界之呈于吾心而见于外物者，皆须臾之物。惟诗人能以此须臾之物，镌诸不朽之文字，使读者自得之。遂觉诗人之言，字字为我心中所欲言，而又非我之所能自言，此大诗人之秘妙也。境界有二：有诗人之境界，有常人之境界。诗人之境界，惟诗人能感之而能写之，故读其诗者，亦高举远慕，有遗世之意。而亦有得有不得，且得之者亦各有深浅焉。若夫悲欢离合、羁旅行役之感，常人皆能感之，而惟诗人能写之。故其入于人者至深，而行于世也尤广。先生之词，属于第二种为多。故宋时别本之多，他无与匹。[②]又和者三家，[③]注者二家。[④]（强焕本亦有注，见毛跋）自士大夫以至妇人女子，莫不知有清真[⑤]，而种种无稽之言，亦由此以起。[⑥]然非入人之深，乌能如是耶？

〔注〕

① 见释惠洪《冷斋夜话》。

② 王国维《清真先生遗事·著述二》云："案先生词集，其古本则见于《景定严州续志》《花庵词选》者曰《清真诗余》。见于《词源》者曰《圈法美成词》。见于《直斋书录》者曰《清真词》，曰《曹杓注清真词》。又与方千里、杨泽民《和清真词》合刻者曰《三英集》。（见毛晋《方千里和清真词跋》）子晋所藏《清真集》，其源亦出宋本，加以溧水本，是宋时已有七本。别本之多，为古今词家所未有。"（据《海宁王静安先生遗书》）

③ 宋人和《清真词》全词者有方千里、杨泽民《和清真词》以及陈允平《西麓继周集》三家。

④ 宋人注《清真词》者有曹杓、陈允龙两家。曹注已佚，陈注即《彊村丛书》本《片玉集》。

⑤ 陈郁《藏一话腴》云："周邦彦字美成，自号清真，二百年来以乐府独步。贵人、学士、市儇、妓女，（皆）知美成词为可爱。"（据《豫章丛书》本）

⑥ 宋人笔记记周邦彦轶事甚多。王国维在《清真先生遗

事·事迹一》中一一考辨，认为多属无稽之谈。王国维云：“先生立身颇有本末，而为乐府所累。遂使人间异事皆附苏秦，海内奇言尽归方朔。”（《清真先生遗事·尚论三》）

6

楼忠简[1]谓先生妙解音律。[2]惟王晦叔[3]《碧鸡漫志》谓：“江南某氏者，解音律，时时度曲。周美成与有瓜葛。每得一解，即为制词。故周集中多新声。”则集中新曲，非尽自度。然顾曲名堂，不能自已，固非不知音者。故先生之词，文字之外，须兼味其音律。惟词中所注宫调，不出教坊十八调之外，则其音非大晟乐府之新声，而为隋唐以来之燕乐，固可知也。今其声虽亡，读其词者，犹觉拗怒之中，自饶和婉。曼声促节，繁会相宣，清浊抑扬，辘轳交往。两宋之间，一人而已。

〔注〕

① 楼忠简　楼钥（1137—1213），字大防，号攻愧主人。

② 楼钥《清真先生文集序》云：“（周邦彦）风流自命，又性好音律，如古之妙解，顾曲名堂，不能自

已。”（据《攻愧集》四部丛刊本）

③ 王晦叔　王灼，字晦叔。南宋文学家。

7

伪词最多。强焕本所增强半皆是。如《片玉词》上《青玉案》（良夜灯光簇如豆）[①]一阕，乃改山谷《忆帝京》[②]词为之者，决非先生作。

〔注〕

① 周邦彦　青玉案

良夜灯光簇如豆。占好事、今宵有。酒罢歌阑人散后。琵琶轻放，语声低颤，灭烛来相就。　玉体偎人情何厚。轻惜轻怜转唧嚁。雨散云收眉儿皱。只愁彰露，那人知后。把我来僝僽。（据《全宋词》）

② 黄庭坚　忆帝京（私情）

银烛生花如红豆。占好事、而今有。人醉曲屏深，借宝瑟、轻招手。一阵白蘋风，故灭烛、教相就。　花带雨、冰肌香透。恨啼鸟、辘轳声晓。岸柳微凉吹残酒。断肠时、至今依旧。镜中消瘦。那人知后，怕夯你来僝

慨。（据《全宋词》）

8①

（《云谣集杂曲子》②）《天仙子》③词，特深峭隐秀，堪与飞卿、端己抗行。④

〔注〕

① 此条录自《观堂集林·唐写本〈云谣集杂曲子〉跋》。

②《云谣集杂曲子》 敦煌石室藏唐人写本，为现存最早词总集，其中大部分为民间作品，清新流丽，朴素自然。

③ 天仙子

燕语啼时三月半。烟蘸柳条金线乱。五陵原上有仙娥，携歌扇。香烂漫。留住九华云一片。 犀玉满头花满面。负妾一双偷泪眼。泪珠若得似珍珠，拈不散。知何限？串向红丝应百万。

燕语莺啼惊教（觉）梦。羞见鸾台双舞凤。天仙别后信难通，无人问，花满洞。休把同心千遍弄。 叵耐不知何处去？正是花开谁是主？满楼明月夜三更，无人语。泪如雨。便是思君肠断处。（据王重民辑《敦煌曲

子词集》修订本）

④ 王国维《题敦煌所出唐人杂书六绝句》（之三）：“虚声乐府擅缤纷，妙悟新安迥出群。茂倩漫收双绝句，教坊原有《凤归云》。”（据《海宁王静安先生遗书·观堂集林》）

9[①]

（皇甫松[②]词）黄叔旸[③]称其《摘得新》二首[④]为有达观之见。[⑤]余谓不若《忆江南》二阕[⑥]，情味深长，在乐天、梦得上也。[⑦]

〔注〕

① 从此条到17条，录自《唐五代二十一家词辑》诸跋（据《王忠悫公遗书》）。写于1908年。

② 皇甫松　“松”一作“嵩”，字子奇，唐代词人。

③ 黄叔旸　黄昇，字叔旸，号玉林，南宋词人。

④ 皇甫松　摘得新

酌一卮。须教玉笛吹。锦筵红蜡烛，莫来迟。繁红一夜经风雨，是空枝。

摘得新。枝枝叶叶春。管弦兼美酒，最关人。平生都得几十度，展香茵。（据《花间集校》）

⑤ 见沈雄《古今词话》。

⑥ 皇甫松　梦江南

兰烬落，屏上暗红蕉。闲梦江南梅熟日，夜船吹笛雨潇潇。人语驿边桥。

楼上寝，残月下帘旌。梦见秣陵惆怅事，桃花柳絮满江城。双髻坐吹笙。（同上）

⑦ 王氏意为，皇甫松之《忆江南》在白居易、刘禹锡词之上。兹录白、刘词于下。

白居易　忆江南

江南好，风景旧曾谙。日出江花红胜火，春来江水绿如蓝。能不忆江南?

江南忆，最忆是杭州。山寺月中寻桂子，郡亭枕上看潮头。何日更重游?

江南忆，其次忆吴宫。吴酒一杯春竹叶，吴娃双舞醉芙蓉。早晚得相逢。

刘禹锡　忆江南

春去也，多谢洛阳人。弱柳从风疑举袂，丛兰裛露似霑巾。独坐亦含颦。

春去也，共惜艳阳年。犹有桃花流水上，无辞竹叶醉尊前。惟待见青天。（据《全唐诗》）

10

端已词情深语秀，虽规模不及后主、正中，要在飞卿之上。观昔人颜、谢优劣论[①]可知矣。

〔注〕

① 参见《人间词话》第77条注⑩。

11

（毛文锡[①]）词比牛[②]、薛[③]诸人，殊为不及。叶梦得[④]谓："文锡词以质直为情致，殊不知流于率露。诸人评庸陋词者，必曰：此仿毛文锡之《赞成功》[⑤]而不及者。"[⑥]其言是也。

〔注〕

① 毛文锡　字平珪，五代前蜀词人。

② 牛　牛峤，参见第50条注②。

③ 薛　薛昭蕴，唐末官侍郎，词人。

④ 叶梦得（1077—1148），字少蕴，号石林居士，南宋文学家。

⑤ 毛文锡　赞成功

海棠未坼，万点深红。香包缄结一重重。似含羞态，邀勒春风。蜂来蝶去，任绕芳丛。　昨夜微雨，飘洒庭中。忽闻声滴井边桐。美人惊起，坐听晨钟。快教折取，戴玉珑璁。（据《花间集校》）

⑥ 见沈雄《古今词话》引，文字略有不同。

12

（魏承班[①]）词逊于薛昭蕴、牛峤，而高于毛文锡，然皆不如王衍[②]。五代词以帝王为最工，岂不以无意于求工欤?

〔注〕

① 魏承班　五代前蜀词人。

② 王衍　五代前蜀主。

13

（顾）夐[1]词在牛给事[2]、毛司徒[3]间。《浣溪沙》（春色迷人）[4]一阕，亦见《阳春录》[5]。与《河传》《诉衷情》数阕[6]，当为夐最佳之作矣。

〔注〕

① 顾夐　五代蜀词人。

② 牛给事　牛峤

③ 毛司徒　毛文锡

④ 顾夐　浣溪沙

春色迷人恨正赊，可堪荡子不还家。细风轻露着梨花。

帘外有情双燕飏，槛前无力绿杨斜。小屏狂梦极天涯。（据《花间集校》）

⑤《阳春录》　即《阳春集》，冯延巳词集。

⑥顾敻　河传

燕飏。晴景。小窗屏暖，鸳鸯交颈。菱花掩却翠鬟欹，慵整。海棠帘外影。　　绣帏香断金鸂鶒。无消息。心事空相忆。倚东风。春正浓。愁红。泪痕衣上重。

曲槛。春晚。碧流纹细，绿杨丝软。露花鲜，杏枝繁。莺啭。野芜平似剪。　　直是人间到天上。堪游赏。醉眼疑屏障。对池塘。惜韶光。断肠。为花须尽狂。

棹举。舟去。波光渺渺，不知何处。岸花汀草共依依。雨微。鹧鸪相逐飞。　　天涯离恨江声咽。啼猿切。此意向谁说。倚兰桡。独无聊。魂销。小炉香欲焦。

诉衷情

香灭帘垂春漏永，整鸳衾。罗带重。双凤。缕黄金。窗外月光临。沈沈。断肠无处寻。负春心。（另一首见《人间词话》第51条注②。据《花间集校》）

14

周密《齐东野语》称其词（按：指毛熙震①词）“新警而不为儇薄”②。余尤爱其《后庭花》③，不独意胜，即以调论，亦有隽上清越之致，视文锡蔑如也。

〔注〕

① 毛熙震　五代蜀词人。

② 见沈雄《古今词话》。

③ 毛熙震　后庭花

莺啼燕语芳菲节。瑞庭花发。昔时欢宴歌声揭。管弦清越。　　自从陵谷追游歇。画梁尘黦。伤心一片如珪月。闲锁宫阙。

轻盈舞妓含芳艳。竞妆新脸。步摇珠翠修娥敛。腻鬟云染。　　歌声慢发开檀点。绣衫斜掩。时将纤手匀红脸。笑拈金靥。

越罗小袖新香倩。薄笼金钏。倚栏无语摇轻扇。半遮匀面。　　春残日暖莺娇懒。满庭花片。争不教人长相见。画堂深院。（据《花间集校》）

15

（阎选[①]）词唯《临江仙》第二首[②]有轩翥[③]之意，余尚未足与于作者也。

〔注〕

① 阎选　五代蜀词人。

② 阎选　临江仙

十二高峰天外寒。竹梢轻拂仙坛。宝衣行雨在云端。画帘深殿，香雾冷风残。　　欲问楚王何处去？翠屏犹掩金鸾。猿啼明月照空滩。孤舟行客，惊梦亦艰难。（据《花间集校》）

③ 楚辞《远游》：“雌蜺便娟以增挠兮，鸾鸟轩翥而翔飞。”（据《楚辞集注》）

16

昔沈文悫[①]深赏（张）泌[②]“绿杨花扑一溪烟”[③]为晚唐名句。[④]然其词如“露浓香泛小庭花”[⑤]较前语似更幽艳也。

〔注〕

① 沈文悫　沈德潜，谥文悫，参见《人间词话》第112条注⑧。

② 张泌　五代南唐词人。

③ 张泌　洞庭阻风

空江浩荡景萧然，尽日菰蒲泊钓船。青草浪高三月渡，绿杨花扑一溪烟。情多莫举伤春目，愁极兼无买酒钱。犹有渔人数家住，不成村落夕阳边。（据《全唐诗》）

④ 见《唐诗别裁》张蠙《夏日题老将林亭》后沈德潜评语。

⑤ 张泌　浣溪沙

独立寒阶望月华，露浓香泛小庭花。绣屏愁背一灯斜。　云雨自从分散后，人间无路到仙家。但凭梦魂访天涯。（据《花间集校》）

17

（孙光宪[①]词）昔黄玉林赏其“一庭花雨湿春愁”[②]为古今佳句。[③]余以为不若“片帆烟际闪孤光”[④]尤有境界也。

〔注〕

① 孙光宪　字孟文，五代荆南词人。

② 孙光宪　浣溪沙

揽镜无言泪欲流，凝情半日懒梳头。一庭疏雨湿春愁。　杨柳只知伤怨别，杏花应信损娇羞。泪沾魂断

轸离忧。（据《花间集校》）

③ 见沈雄《古今词话》。

④ 孙光宪　浣溪沙

蓼岸风多橘柚香，江边一望楚天长。片帆烟际闪孤光。　　目送征鸿飞杳杳，思随流水去茫茫。兰红波碧忆潇湘。（据《花间集校》）

18①

欧公《蝶恋花》“面旋落花”云云②，字字沈响，殊不可及。

〔注〕

① 录自王国维旧藏《六一词》眉间批语。

② 欧阳修　蝶恋花

面旋落花风荡漾。柳重烟深，雪絮飞来往。雨后轻寒犹未放，春愁酒病成惆怅。　　枕畔屏山围碧浪。翠被华灯，夜夜空相向。寂寞起来褰绣幌，月明正在梨花上。（据《全宋词》）

19[1]

温飞卿《菩萨蛮》[2]“雨后却斜阳，杏花零落香”。少游之“雨余芳草斜阳，杏花零落燕泥香”[3]虽自此脱胎，而实有出蓝之妙。

〔注〕

① 此条至23条，录自王国维旧藏《词辨》眉间批语。

② 温庭筠　菩萨蛮

南园满地堆轻絮，愁闻一霎清明雨。雨后却斜阳，杏花零落香。　　无言匀睡脸，枕上屏山掩。时节欲黄昏，无聊独倚门。（据《花间集校》）

③ 秦观　画堂春（春情）

东风吹柳日初长。雨余芳草斜阳。杏花零落燕泥香。睡损红妆。　　宝篆暗消鸾凤，画屏萦绕潇湘。暮寒轻透薄罗裳，无限思量。（据《全宋词》）

20

白石尚有骨，玉田则一乞人耳。

21

美成词多作态，故不是大家气象。若同叔、永叔虽不作态，而“一笑百媚生”[①]矣。此天才与人力之别也。

〔注〕

① 白居易《长恨歌》：“回眸一笑百媚生，六宫粉黛无颜色。”

22

周介存谓：“白石以诗法入词，门径浅狭，如孙过庭[①]书，但便后人模仿。”[②]予谓近人所以崇拜玉田，亦由于此。

〔注〕

① 孙过庭　字虔礼，唐代书法家、书法理论家。他的《书谱》有墨迹及多种刻本传世。

② 见周济《介存斋论词杂著》。

23

予于词，五代喜李后主、冯正中而不喜《花间》。宋喜同叔、永叔、子瞻、少游而不喜美成。南宋只爱稼轩一人，而最恶梦窗、玉田。介存《词辨》所选词，颇多不当人意。而其论词则多独到之语。始知天下固有具眼人，非予一人之私见也。

24[①]

有明一代，乐府道衰。《写情》《扣舷》[②]，尚有宋元遗响。仁、宣[③]以后，兹事几绝。独文愍[④]以魁硕之才，起而振之。豪壮典丽，与于湖[⑤]、剑南为近。[⑥]

〔注〕

① 此条录自《庚辛之间读书记·桂翁词》(《海宁王静安先生遗书》)

②《写情》《扣舷》 《写情集》,刘基词集。《扣舷集》,高启词集。

③ 仁、宣 明仁宗朱高炽(1425年在位);明宣宗朱瞻基(1426—1435年在位)。

④ 文愍 夏言(1482—1548),字公谨,官至首辅,谥文愍。

⑤ 于湖 张孝祥(1132—1169),字安国,号于湖居士,南宋词人。

⑥ 陈廷焯《白雨斋词话》云:"词至于明,而词亡矣。伯温(刘基)、季迪(高启),已失古意。降至升庵(杨慎)辈,句琢字炼,枝枝叶叶为之,益难语于大雅。自马浩澜(马洪)、施阆仙(施绍莘)辈出,淫词秽语,无足置喙。明末陈人中(陈子龙),能以秾艳之笔,传凄婉之神,在明代便算高手。然视国初诸老,已难同日而语,更何论唐宋哉。"

25[1]

彊村词，余最赏其《浣溪沙》（独鸟冲波去意闲）二阕[2]，笔力峭拔，非他词可能过之。

〔注〕

① 此条和26条摘自赵万里《丙寅日记》所记王国维论学语。丙寅，1926年。

② 朱祖谋　浣溪沙

独鸟冲波去意闲，瑰霞如赭水如笺。为谁无尽写江天。　并舫风弦弹月上，当窗山髻挽云还。独经行地未荒寒。

翠阜红厓夹岸迎，阻风滋味暂时生。水窗官烛泪纵横。　禅悦新耽如有会，酒悲突起总无名。长川孤月向谁明？（据《清名家词·彊村语业》）

26

蕙风[1]听歌诸作，自以《满路花》[2]为最佳。至《题香南雅集图》诸词[3]，殊觉泛泛，无一言道著。

〔注〕

① 蕙风　况周颐（1859—1926），原名周仪，字夔笙，号蕙风，词人。

② 况周颐　满路花（彊村有听歌之约，词以坚之）

虫边安枕簟，雁外梦山河。不成双泪落、为闻歌。浮生何意，尽意付消磨。见说寰中秀，曼睩修蛾。旧家风度无过。　凤城丝管，回首惜铜驼。看花余老眼、重摩挲。香尘人海，唱彻定风波。点鬓霜如雨，未比愁多。问天还问嫦娥。（梅郎兰芳以《嫦娥奔月》一剧蜚声日下）（据《清名家词·蕙风词》）

③ 况周颐　戚氏（沤尹为畹华索赋此调，走笔应之）

伫飞鸾。萼绿仙子彩云端。影月娉婷，浣霞明艳，好谁看。华鬘。梦寻难。当歌掩泪十年闲。文园鬓雪如许，镜里长葆几朱颜？缟袂重认，红帘初卷，怕春暖也犹寒。乍维摩病榻，花雨催起，著意清欢。　丝管赚出婵娟。珠翠照映，老眼太辛酸。春宵短、系骢难稳，栩蝶须还。近尊前。暂许对影香南。笛语遍写乌阑。番风渐急，省识将离，已忍目断关山。（畹华将别去，道人先期作虎山之游避之）　　念我沧江晚。消何逊笔，旧恨吟边。未解清平调苦，道苔枝、翠羽信缠绵。剧怜画罨瑶台，醉扶纸帐，争遣愁千万。算更无、月地云阶见。谁与诉、鹤守缘悭。甚素娥、暂缺能圆。更芳节、后约是今番。耐清寒惯，梅花赋也，好好纫兰。（同上）

27[①]

蕙风词小令似叔原，长调亦在清真[②]、梅溪间，而沈痛过之。彊村虽富丽精工，犹逊其真挚也。天以百凶成就一词人，果何为哉！[③]

〔注〕

① 此条和下条录自王国维《蕙风琴趣》评语。

② 清真　周邦彦，自号清真居士。

③ 况氏中光绪五年乡试后，官内阁中书，后入两江总督张之洞、端方幕，辛亥革命后居上海，成为所谓“胜朝遗老”，词中多寄寓眷恋清王朝之情。这就是王氏所说的“沈痛”。况氏晚年生活困顿，至无以举炊、卖书渡日。《浣溪沙》（无米）：“逃墨翻教突不黔，瓶罍何

暇耻畚盐。半生辛苦一时甜！　　传苦枯萤共宁耐，无怜饥鼠误窥觇，顽夫自笑为谁怜！”《秋宵吟》（卖书）：“似怨别侯门，玉容深锁。字里珠尘，待幻作山头饭颗。”所以王氏说“天以百凶成就一词人”。

28

蕙风《洞仙歌》（秋日游某氏园）① 及《苏武慢》（寒夜闻角）② 二阕，境似清真，集中他作，不能过之。

〔注〕

① 况周颐　洞仙歌（秋日独游某氏园）

一向闲缘借。便意行散缓，消愁聊且。有花迎径曲，鸟呼林罅。秋光取次披图画。恣远眺、登临台与榭。堪潇洒。奈睋断征鸿，幽恨翻萦惹。　　忍把。鬓丝影里，袖泪寒边，露草烟芜，付与杜牧狂吟，误作少年游冶。残蝉肯共伤心语。问几见，斜阳疏柳挂？谁慰藉？到重阳、插菊携萸事真假。酒更贳，更有约、东篱下。怕蹉跎霜讯，梦沈人悄西风乍。（据《清名家词·蕙风词》）

② 况周颐　苏武慢（寒夜闻角）

愁入云遥，寒禁霜重，红烛泪深人倦。情高转抑，思往难回，凄咽不成清变。风际断时，迢递天街，但闻更点。枉教人回首，少年丝竹，玉容歌管。　凭作出、百绪凄凉，凄凉惟有，花冷月闲庭院。珠帘绣幕，可有人听？听也可曾肠断？除却塞鸿，遮莫城乌，替人惊惯。料南枝明日，应减红香一半。（同上）

（二）人间词话选

余于七、八年前，偶书词话数十则。今检旧稿，颇有可采者，摘录如下：

1

词以境界为最上。有境界则自成高格，自有名句。五代北宋之词所以独绝者在此。

2

言气格，言神韵，不如言境界。境界，本也。气格、神韵，末也。境界具，而二者随之矣。

3

有造境，有写境。此理想与写实二派之所由分。然二者颇难区别。因大诗人所造之境，必合乎自然，所写之境，必邻于理想故也。

4

境非独谓景物也，情感亦人心中之一境界。故能写真景物、真感情者，谓之有境界，否则谓之无境界。

5

“红杏枝头春意闹”，著一“闹”字而境界全出，“云破月来花弄影”，著一“弄”字而境界全出矣。

6

境界有大小，然不以是而分优劣。“细雨鱼儿出，微风燕子斜”，何遽不若“落日照大旗，马鸣风萧萧”。“宝帘闲挂小银钩”，何遽不若“雾失楼台，月迷津渡”也。

7

《诗·蒹葭》一篇，最得风人深致。晏同叔之“昨夜西风凋碧树。独上高楼，望尽天涯路”意颇近之。但一洒落，一悲壮耳。

8

“我瞻四方，蹙蹙靡所骋”，诗人之忧生也。“昨夜西风凋碧树。独上高楼，望尽天涯路”似之。“终日驰车走，不见所问津”，诗人之忧世也。“百草千花寒食路，香车系在谁家树”似之。

9

成就一切事，罔不历三种境界：“昨夜西风凋碧树。独上高楼，望尽天涯路。”此第一境也。“衣带渐宽终不悔，为伊消得人憔悴。”此第二境也。“众里寻他千百度，回头蓦见。那人正在，灯火阑珊处。”此第三境也。此等语均非大词人不能道，然遽以此意解诸词，恐为晏、欧诸公所不许也。

10

太白词纯以气象胜。“西风残照，汉家陵阙”，寥寥八字，遂关千古登临之口。后世唯范文正之《渔家傲》、夏英公之《喜迁莺》差堪继武，然气象已不逮矣。

11

温飞卿之词，句秀也。韦端己之词，骨秀也。李后主之词，神秀也。词至李后主而境界始大，感慨遂深，遂变伶工之词而为士大夫之词。宋初晏、欧诸公，皆自此出，而花间一派微矣。

12

冯正中词除《鹊踏枝》《菩萨蛮》数十阕最煊赫

外，如《醉花间》之“高树鹊衔巢，斜月明寒草”，虽韦苏州之“流萤渡高阁”、孟襄阳之“疏雨滴梧桐”不能过也。

13

“画屏金鹧鸪”，飞卿语也，其词品似之。“弦上黄莺语”，端己语也，其词品亦似之。若正中词品欲于其词求之，则“和泪试严妆”殆近之欤?

14

欧阳公《浣溪沙》词“绿杨楼外出秋千”。晁补之谓：只一“出”字便后人所不能道。余谓此本于正中《上行杯》词“柳外秋千出画墙”，但欧语尤工耳。

15

少游词境最为凄婉。至“可堪孤馆闭春寒，杜鹃声里斜阳暮”则变而凄厉矣。东坡赏其后二语，犹为皮相。

16

东坡之词旷，稼轩之词豪。无二人之胸襟而学其词，犹东施之效捧心也。

17

读东坡、稼轩词，须观其雅量高致，有伯夷、柳下惠之风。白石虽似蝉蜕尘埃，终不免局促辕下。

18

昭明太子称陶渊明诗“跌宕昭彰，独超众类，抑扬爽朗，莫之与京”。王无功称薛收赋“韵趣高奇，词义晦远。嵯峨萧瑟，真不可言”。词中惜少此二种气象。前者坡词近之，后者唯白石略得一二耳。

19

白石写景之作，如“二十四桥仍在，波心荡、冷月无声”“数峰清苦，商略黄昏雨”“高树晚蝉，说西风消息”，虽格韵高绝，然如雾里看花，终隔一层。梅溪、梦窗诸家写景之作，其病皆在一“隔”字。北宋风流，过江遂绝，抑真有风会存乎其间耶？

20

东坡、稼轩，词中之狂。白石，词中之狷。若梅溪、梦窗、草窗、玉田、西麓、竹山之词，则乡愿而已。

21

问“隔”与“不隔”之别，曰：“生年不满百，常怀千岁忧。昼短苦夜长，何不秉烛游？”“服食求神仙，多为药所误。不如饮美酒，被服纨与素。”写情如此，方为不隔。“采菊东篱下，悠然见南山。山气日夕佳，飞鸟相与还。”“天似穹庐，笼盖四野。天苍苍，野茫茫，风吹草低见牛羊。”写景如此，方为不隔。词亦如之。如欧阳公《少年游》咏春草云“阑干十二独凭春，晴碧远连云。千里万里，三月二月，行色苦愁人”，语语皆在目前，便是不隔；至换头云“谢家池上，江淹浦畔，吟魄与离魂”，使用故事，便不如前半精彩。然欧词前既实写，故至此不能不拓开，若通体如此，则成笑柄。南宋人词，则不免通体皆是“谢家池上”矣。

22

国朝人词，余最爱宋直方《蝶恋花》“新样罗衣浑弃却，犹寻旧日春衫著”，及谭复堂之“连理枝头侬与汝，千花百草从渠许”，以为最得风人之旨。

23

近人词如复堂之深婉，彊村之隐秀，当在吾家半塘翁上。彊村学梦窗，而情味较梦窗反胜，盖有临川、庐陵之高华，而济以白石之疏越者。学人之词，斯为极则。然于古人自然神妙处，尚未梦见。《半塘丁稿》和冯正中《鹊踏枝》十阕，乃《鹜翁词》之最精者。“望远愁多休纵目”等阕，郁伊惝恍，令人不能为怀。《定稿》只存六阕，殊为未允。

附录　略论王国维的美学和文学思想

滕咸惠

王国维（1877—1927）是中国近现代之交的著名学者。他的主要成就是在史学方面。郭沫若同志称他为“新史学的开山”，并说：“他的甲骨文字的研究，殷周金文的研究，汉晋竹简和封泥等的研究，是划时代的工作。西北地理和蒙古史料的研究也有些惊人的成绩。”[①] 但是，他的史学研究是在一生的最后十五年进行的，前此，他主要研究哲学、美学和文学理论以及艺术史。他在美学上的成就虽然比不上史学上的成就，但是，他的《人间词话》《宋元戏曲考》等是有影响的美学、文学理论和艺术史著作[②]，他的美学和文学思想虽然有不少唯心主义的杂质，却也不乏真知灼见和独到创新之处，应该给以正确的分析和评价。

一

王国维字静安，号观堂，浙江海宁人。他出生在一个中小地主家庭，幼年时所受的是传统的封建教育。青年时代，他受到主张维新变法的资产阶级改良主义思潮的影响。他不喜科举时文，甚至在参加科举考试时“不终场而归”[③]。在读到康、梁论疏后“弃帖括而不为”[④]。一八九八年（即戊戌变法那年）初，他来到上海，在梁启超当主编的《时务报》馆工作，任书记校雠之役，并为馆主汪康年司笔札。同时，以业余时间在罗振玉主办的东文学社学习。戊戌变法失败，《时务报》关闭后，王国维一方面在东文学社当职员，一方面继续学习哲学、数学、物理、化学、英语，一直到庚子事变后学社解散，前后共两年半。一九〇一年，他在罗振玉资助下留学日本，为学习物理而首先学习数学，因病在东京仅四五个月即于当年夏季归国。回国后曾任苏州和南通师范学堂教习，讲授心理学、伦理学、哲学、社会学。一九〇一年到一九〇五年，王国维主要研究哲学和美学。

一九〇六年，由于罗振玉的推荐，到北京任学部（教育部）总务司行走，后改充京师图书馆编译、名词馆协修，一直到辛亥革命爆发，清王朝倒台。这一时期，王国维主要从事美学、文学理论和戏剧艺术史的研究工作，主要研究成果是一九〇八年的《人间词话》和若干关于戏剧艺术史的考证、研究著作。

辛亥革命后，王国维随罗振玉东渡日本，成了所谓“胜朝遗老”。一九一二年写成《宋元戏曲考》。一九一六年从日本回国，任《学术丛刊》编辑。一九二三年受清废帝溥仪征召，任南书房行走。一九二五年，任清华学校国学研究院研究导师（教授）。这一时期，王国维主要研究史学，在甲骨文字研究、殷周金文研究等方面做出了辉煌的贡献，成为誉满中外的学者。一九二七年，由于长期思想的苦闷和生活的惨淡，更由于罗振玉和他绝交的刺激，自沉于颐和园昆明湖。他的死并不是对清王朝的“殉节”[⑤]。

二

王国维幼年所受的教育，是封建地主阶级的，但是，在青年时期，他却主要学习西方资产阶级的哲学社会科学和自然科学。这正是他的世界观逐步确立的时期。西方资产阶级哲学社会科学思想和近代自然科学的治学方法给予他的思想以深刻的影响。对于中国封建社会中的统治思想儒家学说，王国维仅仅作为一种学术思想来加以研究，并不盲目信从和崇拜。他认为孔孟之道不是宗教教义，说：“孔孟之说固非宗教的而学说也，与一切他学均以研究而益明。”[⑥]他还认为：“今日之时代已入研究自由之时代，而非教权专制之时代。”[⑦]他回顾中国思想发展史，赞扬春秋战国时期诸子百家“灿然放万丈之光焰”，认为自从汉武帝罢黜百家独尊儒术，“儒家唯以抱残守缺为事”，造成思想僵化停滞。[⑧] 他鼓吹“人有生命，有财产，有名誉，有自由，此数者皆神圣不可侵犯之权利也”[⑨]。他认为：“我国人之特质，实际的也，通俗的也；西洋人之特质，思辨的也，科学的也，长于抽象而精于分类。”[⑩] 因而主张大量输入西方的哲学社会科学。他希望学术研究以探求真理为唯一目的，脱离政治而独立发展，并且断言：“异日发明光大我国之学术者，必在兼通世界学术之人，而不在一孔之陋儒。”[⑪]所以，从他的世界观的整体看，王国维是一个资产阶级思想家，而不是封建地主阶级的思想家。“体素羸弱，性复忧郁”的王国维，虽曾一度倾向于维新运动，但在戊戌变法失败后，却看不到前途，找不到出路。他对于正在蓬勃发展的孙中山领导的革命运动不理解，甚至骂孙中山、陈天华为“不逞之徒”[⑫]，政治上渐趋保守。但是，他的最高的生活理想不过是脱离政治，不问世事专门从事学术研究而已。可是，由于长期以来生活上对于罗振玉的依赖，他先不得不流亡日本做“遗老”，更想不到还成了食五品禄的文学侍从之臣。这在王国维恐怕也不是心甘情愿的吧。他的思想充满了深刻的矛盾。在资产阶级的政治、伦理、社会思想和他的很可能并非自愿采取的顽固保守的政治态度之间，在思想上的软弱、保守、妥协性和学术研究上的勤于思索、实事求是、敢于创新之间，都存在着尖锐的对立。作为一个“遗老”，王国维是不足称道的，尽管他的死是令人同情的。作为一个学术家，王国维却给我们留下了一笔宝贵的遗产，不论在史学方面还是美学和文学理论方面，他都是代表了近代中国资产阶级的最高成就的重要学者之一。龚自珍、魏源、康有为、梁启超、章炳麟和王国维是中国近代最重要的思想家和学术家。

王国维的哲学思想经历了一个从主观唯心主义到自发地倾向唯物主义的过程。大体看来，王国维哲学思想的发展经历了三个阶段：一九〇一至一九〇五年，是王国维研究哲学和美学、信仰和宣传叔本华哲学和美学的时期；一九〇六至一九一二年，是逐步摆脱叔本华思想的束缚，独立研究美学、文学理论和戏剧艺术史的时期；一九一三至一九二七年，是在史学研究中表现了鲜明的朴素唯物主义倾向的时期。

在第一阶段，王国维系统地学习了西方哲学史，认真研读康德、叔本华和洛克、休谟的著作。叔本华立刻征服了他。他完全拜倒在叔本华脚下，成为其忠实信徒[13]。他认为叔本华和尼采哲学都是“破坏旧文化而创造新文化”[14]的先进思想，而叔本华哲学更是“凌轹古今”[15]的伟大哲学体系。

他歌颂叔本华："公虽云亡，公书则存，愿言千复，奉以终身。"⑯但是，勤于思索的王国维很快就发现了叔本华思想的内在矛盾，抓到了叔本华的不能自圆其说之处。很快，他就悟到叔本华的哲学思想"半出于其主观的气质而无关于客观的知识"⑰，这就是说叔本华哲学是一种主观臆造的东西，并不是客观真理。是不是从此就和叔本华一刀两断了呢？没有。理智上感到它不对，感情上却与它恋恋不舍。真是剪不断，理还乱。王国维这样说明他的思想矛盾：

> 哲学上之说，大都可爱者不可信，可信者不可爱。余知真理，而余又爱其谬误。伟大之形而上学，高严之伦理学，与纯粹之美学，此吾人所酷嗜也。然求其可信者，则宁在知识上之实证论，伦理学上之快乐论，与美学上之经验论。知其可信而不能爱，觉其可爱而不能信，此近二三年中最大之烦闷。⑱

王国维于是放弃哲学研究，力图回避这种矛盾。

在第二阶段，王国维虽然不能完全摆脱叔本华哲学的影响，但是，他在进行诗词创作的同时，大量涉猎了以诗话、词话为主的中国古典美学和文学理论著作，接受了中国古典美学和文学理论的优良传统。这更有助于他摆脱叔本华哲学的束缚。他力图把西方美学和文学思想与中国古代美学和文学思想结合起来，熔于一炉，从而提出自己的见解，开辟崭新的领域，表现出实事求是的治学作风和严谨缜密的治学态度。

在第三阶段，王国维全力进行史学研究。他继承和发扬了清代乾嘉学派的优良学风并且和近代科学方法结合起来。他的实事求是的治学作风和严谨缜密的治学态度进一步发展和成熟了，因而在史学研究中取得了重要成果。正如郭沫若同志所说的：“他是很有科学头脑的人，做学问是实事求是，丝毫不为成见所囿，并且异常胆大，能发前人所未能发，言腐儒所不敢言。”⑲

三

和哲学思想的发展相适应，王国维的美学思想分作一九〇一至一九〇五年、一九〇六至一九一二年和一九一三至一九二七年三个发展阶段。

恩格斯指出：叔本华哲学是“适合于庸人的浅薄思想”⑳。它的主要特点是主观唯心主义、唯意志论和神秘主义以及悲观主义。根据叔本华的看法，世界是我的表象，意志是万物的基础，因而生活的本质就是生活之欲。生活之欲是不能满足的，就算是暂时得到满足也必然感到厌倦和空虚，因而人生是永远痛苦的。人类的彻底解脱则是灭绝生活之欲而达到涅槃之境。美或艺术的位置恰恰在这永恒的痛苦与彻底的解脱之间。因而美或艺术的本质是无利害的观照和暂时的解脱。[21]王国维这样介绍叔本华的这一基本美学观点，他说：

> 夫吾人之本质既为意志矣，而意志之所以为意志，有一大特质焉，曰：生活之欲。……然则，此利害之念，竟无时或息欤？吾人于此桎梏之世界中，竟不获一时救济欤？曰：有唯美之为物，不与吾人之利害相关系，而吾人观美时，亦不知有一己之利害。何则？美之对象，非特别之物，而此物之种类之形式，又观之之我，非特别之我，而纯粹无欲之我也。[22]

叔本华从这点出发，根据达到无利害观照和暂时解脱的不同途径来解释优美和壮美（宏壮，现在一般译为崇高）这两个重要美学范畴。王国维介绍了叔本华关于优美和壮美的观点，他说：

美之为物有二种：一曰优美，一曰壮美。苟一物焉，与吾人无利害之关系，而吾人之观之也，不观其关系，而但观其物；或吾人之心中无丝毫生活之欲存，而其观物也，不视为与我有关系之物而但视为外物，则今之所观者非昔之所观者也。此时吾心宁静之状态，名之曰优美之情，而谓此物曰优美。若此物大不利于吾人，而吾人生活之意志为之破裂，因之意志遁去，而知力得为独立之作用，以深观其物，吾人谓此物曰壮美，而谓其感情曰壮美之情。……而其快乐存于使人忘物我之关系，则固与优美无以异也。[23]

这里虽然把优美之物与优美之情、壮美之物与壮美之情区别开来，但是，这种区别是毫无意义的。在叔本华哲学里，世界是我的表象，一切事物都不过是意志这种盲目的不可遏制的冲动的客观化和派生物。因而，优美之物和壮美之物决不是客观存在的，只要我们有了优美之情或壮美之情，就自然会有优美之物和壮美之物。王国维说：“苟吾人而能忘物与我之关系而观物，则夫自然界之山明水媚、鸟飞花落，固无往而非华胥之国、极乐之土也。”[24]这句话言简意明，很能抓住叔本华美学主观唯心主义的要害和本质。

叔本华极力宣扬天才论，认为只有天才才能进行审美静观，庸众是不可能真正欣赏美的。王国维介绍了叔本华的这种观点，他说：

> 夫自然界之物，无不与吾人有利害之关系，纵非直接，亦必间接相关系者也。……然此物既与吾人有利害之关系，而吾人欲强离其关系而观之，自非天才，岂易及此？于是天才者出，以其所观于自然人生中者复现之于美术中，而使中智以下之人，亦因其物之与己无关系，而超然于利害之外。[25]

叔本华从上述基本美学观点出发，必然否认艺术与政治的关系。鼓吹艺术的无功利性，否认艺术改造社会的积极的社会作用。王国维的艺术观点正是从叔本华来的。他认为美术（即艺术）和哲学一样是“最神圣、最尊贵而无与于当世之用”[26]的，反对把艺术当成“道德政治之手段”[27]，如果把艺术当成了鼓吹革命改造社会的工具，那就是犯了“亵渎哲学与文学之神圣之罪”[28]，他甚至认为“生百政治家，不如生一大文学家”[29]，那就不但认为艺术脱离政治，而且认为艺术高于政治了。因此，艺术的社会作用就被说成是脱离现实，逃避斗争，从而获得精神上的安慰和暂时的麻醉。王国维说：“美术之务在描写人生之苦痛与其解脱之道，而使吾侪冯生之徒于此桎梏之世界中，离此生活之欲之争斗，而得其暂时之平和，此一切美术之目的也。”[30]艺术可以治疗人生“空虚之苦痛”[31]，简直可以和鸦片、宗教相提并论了。

这就是王国维所介绍的叔本华美学思想，当时，也就是王国维的美学思想。王国维用这种观点为指导研究《红楼梦》，写下了《红楼梦评论》，其结果只能是根本抹煞《红楼梦》对封建社会制度和封建意识形态的批判精神，歪曲其思想意义，把它当成叔本华思想的图解和注脚。他认为《红楼梦》说明了“人生之欲之先人生而存在，而人生不过此欲之发现”，表现了“自犯罪，自加罚，自忏悔，自解脱”的过程，甚至牵强附会地说贾宝玉的通灵宝玉不过是“生活之欲之代表”。但是，另一方面，王国维一再肯定《红楼梦》是“宇宙之大著述”，并且根据亚里士多德的悲剧理论，肯定《红楼梦》是能唤起“恐惧”和“悲悯”之情，“感发”人的情绪，“洗涤”人的精神的最高级的悲剧。他还批评了旧红学派主观主义的索隐和臆断，并进而提出“美述之特质，贵具体而不贵抽象”，“就个人之事实，而发见人类全体之性质”，表现出对文学艺术特点的正确理解，并对《红楼梦》研究起着某种积极的推动作用。当然，他认为《红楼梦》“为作者自道其生平者”，也开以胡适为代表的新红学派之先声。[32]

四

王国维在其美学和文学思想发展的第二阶段中，逐渐突破了叔本华美学的限制，继承了中国古典美学和文学理论的优良传统，研究中国古典诗词和戏剧，在理论上表现出一定的创新精神。王国维自己的美学和文学思想是在这时形成的。在《人间词话》《宋元戏曲考》等著作中提出了境界说、诗人修养论和文学发展观，对中国美学和文学思想的发展做出了一定的贡献。当然，王国维和叔本华美学的决裂并不彻底，在不少方面，我们仍能清楚地看到叔本华美学的痕迹。

境界（或意境）说是王国维美学思想的核心。境界说虽然主要用来评价中国词的发展史上的重要作家和作品，但是，它涉及到美学和文学理论上的很多基本问题，表达了王国维的基本的美学和文学观点。王国维说：“原夫文学之所以有意境者，以其能观也。”[33]这个“观”并非孔子所说的“兴观群怨”的“观”，而是叔本华所说的“卓越的静观能力”即审美静观或审美观照。王国维还细致地说明了艺术境界的产生过程，他说：

山谷云：“天下清景，不择贤愚而与之，然吾特疑端为我辈设。”诚哉是言！抑岂独清景而已，一切境界，无不为诗人设。世无诗人，即无此种境界。夫境界之呈于吾心而见于外物者，皆须臾之物。惟诗人能以此须臾之物，镌诸不朽之文字，使读者自得之。遂觉诗人之言，字字为我心中所欲言，而又非我之所能自言。此大诗人之秘妙也。[34]

这就是说，因为诗人能忘物我之关系进行审美静观，对象才变成审美对象。艺术境界是“心”与“物”相契合、相融洽的产物。心境与物境的互相触发、互相渗透，电光石火似地展现出一片空灵活脱、深邃幽远的新天地，“物我无间，而道艺为一，与天冥合而不知其所以然”[35]——这就是艺术境界产生的过程。只有诗人独具慧眼，具有远比常人敏锐的艺术感觉，善于捕捉这种似乎是稍纵即逝的“须臾之物”，并运用高度熟练的艺术技巧，通过“不朽之文字”——富有表现力的文学语言把它刻画出来。当心物契合之际，诗思也会涌上常人的心头。他能感受到，然而表现不出来。所以说“一切境界，无不为诗人设。世无诗人，即无此种境界”。诗人创造的艺术境界在常人的心中引起共鸣，激起感情的波涛，“遂觉诗人之言，字字为我心中所欲言，而又非我之所能自言”。

王国维强调了诗人的情感、意趣、艺术创造力在艺术创作过程中的决定作用，说明了艺术境界是主观和客观相统一的产物，指出了艺术境界所具有的强烈的艺术感染力。然而，他却夸大了这一点，把艺术境界的创造说成仅仅是诗人美感移情或外射（从“呈于吾心”到“见于外物”）的结果，似乎艺术境界并不是自然人生的诗人头脑中反映的产物，最终陷于唯心主义的泥坑。这是因为他还没有完全摆脱叔本华美学的限制。我们把王国维说的“一切境界无不为诗人设。世无诗人即无此种境界”和叔本华说的“世界是我的表象。……只是和主体有关的客体……通过主体而受到限制，并且只是为主体而存在”[36]相比较，把王国维说的“夫境界之呈于吾心而见于外物者，皆须臾之物，惟诗人能以此须臾之物，镌诸不朽之文字”和叔本华说的诗人“能把在心中飘忽的形象固定为经久的思想”相比较，就可以明显地看出叔本华美学的痕迹。

王国维还进一步研究了境界是怎样构成的。他说：

有造境，有写境，此理想与写实二派之所由分。然二者颇难分别。因大诗人所造之境，必合乎自然，所写之境，必邻于理想故也。

自然中之物，互相关系，互相限制，故不能有完全之美。然其写之于文学中也，必遗其关系限制之处，故虽写实家亦理想家也。又虽如何虚构之境，其材料必求之于自然，而其构造亦必从自然之法则，故虽理想家亦写实家也。[37]

“造境”即虚构之境，“写境”即写实之境。王国维认为造境并非杜撰臆造、随意捏合，而是“必合乎自然”，“其材料必求之于自然，而其构造亦必从自然之法则”，仍然深深地植根于自然人生之中；写境也并非机械模写、依样葫芦，仍然“邻于理想”，“遗其关系限制之处”，也就是渗透着诗人的理想和愿望，有所选择和提炼。在艺术创作中，理想和现实互相渗透、融为一体，所以说“二者颇难区别”，“写实家亦理想家”，“理想家亦写实家”。王国维明确认识到艺术境界既要描写自然又要表现理想，是现实与理想的统一。在一般意义上说，这种理解是正确的，而且是比较深刻的。但是，如果我们进一步思考，就可以发现，王国维的看法仍然有不确切的地方。这表现在：他认为“自然中之物，互相关系，互相限制，故不能有完全之美。然其写之于文学中也，必遗其关系限制之处”。说自然中没有“完全之美”，实际上是否认艺术美来源于自然人生。再者，文学反映自然人生时要“遗其关系限制之处”，这种说法是极为含混不清的。它既可以理解为不能机械地模写和照搬（如上所述），也可以理解为摆脱自然人生的复杂的关系。“遗”有摆脱、离开、舍弃的意思。（《说文》：“遗，亡也”。）唯物主义美学和现实主义艺术主张正确地反映自然人生，必然要求再现充满矛盾和斗争的错综复杂的社会关系，只有像叔本华这样的唯心主义和形式主义美学家才认为审美观照是离开事物关系的、超功利的、仅仅欣赏外在的形式。叔本华认为：说“艺术摹仿自然而创造了美的东西”是“固执而愚蠢的成见”。他说：“大自然何曾产生过白璧无瑕的美人呢？……美的知识绝不可能纯粹是后天的。它总是先天的，至少有一部分是先天的。……只有依赖这种预料，我们才能认识美。……这种预料就是理想。”艺术家“独具慧眼，独能离开事物关系而认识事物的内在性质”。审美观照“并不追寻这物象对其他外物的关系”。王国维所说的自然中“不能有完全之美”“遗其关系限制之处”正出于此。这样，理想就被理解成诗人所具有的先验的美的理念，而不是在社会生活和现实斗争中产生出来的。同时，虚构必须“从自然之法则”也绝不是符合社会发展的客观规律。王国维承认社会和自然有一定的法则或规律，但是，他认为“此原则所以为世界最普遍之法则者，则以其为吾人之知力之最普遍之形式故”。“宇宙不能赋吾心以法则，而吾心实与宇宙以法则”[38]。所以，王国维所说的理想与现实的统一仍然建立在主观唯心主义的基础上。[39]

王国维还把境界分为有我之境和无我之境两种，他说：

有我之境，物皆著我之色彩。无我之境，不知何者为我，何者为物。此即主观诗与客观诗之所由分也。[40]

王国维认为，中国古典诗词的艺术境界有两种类型：一种是“有我之境”，像“泪眼问花花不语，乱红飞过秋千去”，“可堪孤馆闭春寒，杜鹃声里斜阳暮”；另一种是“无我之境”，像“采菊东篱下，悠然见南山”，“寒波澹澹起，白鸟悠悠下”。前一种他称之为“主观诗”，后一种他称之为“客观诗”。这两种境界各有什么特点呢？他参照叔本华关于抒情诗中“诗人仅仅鲜明地意识到他自己的心理状态并且描写它”，“主观的心情，意志的影响，把它的色彩染上所见的环境”的看法，把“有我之境”的特点概括为“物皆著我之色彩”。（通行本为“以我观物，故物皆著我之色彩”。）这就是说：诗人带着强烈的主观感情观察外物，并把这种感情外射到外物上去就产生了有我之境。简言之，抒发诗人强烈感情的是有我之境，它是宏壮（崇高）的。王国维又参照叔本华关于抒情诗也可以表现诗人“心如明境，无动于衷”的心境，这时“能够唤起一种幻觉，仿佛只有物而没有我存在……物与我就完全溶为一体”的看法，把“无我之境”的特点概括为“不知何者为我，何者为物”。（通行本为“以物观物，故不知何者为我，何者为物”。）这就是说：诗人以冷静理智的态度观察外物，外物以其本来的生机勃勃的面目呈现于诗人眼底，诗人为外物所吸引以致达到忘我境地，似乎物与我溶为一体就产生了无我之境。简言之，表现诗人以冷静的理智观察自然人生的是无我之境，它是优美的。当然，真正“无我”是不可能的，只是诗人的感情平静淡泊，没有强烈的冲动而已。王国维还曾用“意余于境”和“境多于意”来概括这两种境界，并且认为“二者常互相错综，能有所偏重，而不能有所偏废”[41]。这种说法比“有我”“无我”更加准确。可以看出，王国维把艺术创作中的强烈的感情和冷静的理智二者既加以区别又联系起来，在一定程度上认识到艺术创作是情感和理智的统一。

王国维在这里吸收了不少叔本华的看法来构成自己的理论，因而不能不带有唯心主义的痕迹。但我们又不能把叔本华的观点和王国维的理论完全等同起来。“有我之境”和“无我之境”是从中国古代诗词抒情方式的不同加以区分的，基本上是符合中国古典诗词实际的。王国维在提出“有我之境”和“无我之境”的理论时，只是采取了叔本华美学的某些观点作为构成自己理论的材料，不再是全盘照搬叔本华的理论。前面所谈到的境界产生论和关于“造境”和“写境”的理论也是如此。

综上所述，艺术境界是在内心和外物相契合的基础上，诗人以敏锐的艺术感觉捕捉到，并用富有表现力的文学语言描绘出来的具有强烈艺术感染力的自然人生（社会生活或自然景色）画面。它是主观和客观的统一，理想和现实的统一，情感和理智的统一。但是，这种统一是在唯心主义基础上的统一，因而是头足倒置的。尽管如此，仍然表现出王国维对于艺术形象的特点和艺术创作规律的相当深刻的理解。

但是，另一方面，我们还应该看到：境界这一美学范畴不是从叔本华美学来的，而是中国古典美学和文学理论所特有的。王国维对于中国古典诗词的研究和评论仍然是遵循着中国古典美学的传统进行的。正因为如此，他才以自己的境界说在理论上超过了严羽的“兴趣”说和王士禛的“神韵”说而自矜。

境界一语原出佛家典籍，后来移植到美学和文学理论中来。传为唐人王昌龄的《诗格》已提出“物境”“情境”“意境”。明代王世贞和清代的金圣叹、叶燮都运用过这一概念。到了近代，梁启超、陈廷焯、况周颐等人运用得更加广泛。中国古典诗歌源远流长，而抒情诗的创作更是取得了辉煌的成就，就是像《孔雀东南飞》《长恨歌》那样著名的叙事诗也都具有十分浓厚的抒情色彩。在抒情诗创作中，正确处理抒情和写景的关系是十分重要的。因此，中国古典美学家和文学理论家十分注意情、景关系的研究，形成了有我国民族特色的美学思想。刘勰、梅尧臣、姜夔、范晞文、张炎、谢榛、王夫之、宋徵璧等人从不同的角度深入研究了写景和抒情的关系，他们得出的共同结论是：诗歌应该是抒情和写景的辩证统一，“景无情不发，情无景不生”[42]，“孤不自成，两不相背”，“景乃诗之媒，情乃诗之胚”[43]，“情以景幽，单情则露；景以情妍，独景则滞”[44]，抒情和写景既互相依存、互相制约，又互相影响，互相渗透，才能构成具有艺术感染力的完美形象，简言之，即情景交融。

王国维也曾研究过写景和抒情的关系，他说：

> 文学之事，其内足以摅己，而外足以感人者，意与境二者而已。上焉者意与境浑，其次或以境胜，或以意胜。苟缺其一，不足以言文学。[45]

“意与境浑”和“情景交融”实质上是相同的。可见王国维和中国古典美学家在这个问题上得出了大体相同的结论。在评论中国古典诗词时，王国维判定某首作品是否有境界就是以是否做到了情景交融作为起码的标准。做到了的就是有境界，否则便是无境界。

王国维认为“‘红杏枝头春意闹’，著一‘闹’字，而境界全出”[46]，是因为这个“闹”字既逼真地刻画出红杏怒放的蓬勃生机，又满含着诗人喜迎春色的欢愉之情。之所以说“‘云破月来花弄影’，著一‘弄’字，而境界全出”[47]，是因为“弄”字既细致地刻画出淡云拂月，花枝摇曳的美好夜色，也隐隐透露出诗人对于春色将阑的惋惜之情。总之，两句都是情景交融的佳句，所以有境界。

但是，王国维并没有停留在这一点上，他进一步提出了关于“不隔”的理论。怎样才叫作“不隔”呢？他说：“大家之作，其言情也必沁人心脾，其写景也必豁人耳目。其辞脱口而出，无矫揉妆束之态。”[48]这就是“不隔”。

可见，“不隔”首先要做到“其言情也必沁人心脾，其写景也必豁人耳目”，或者说“语语都在目前”[49]。王国维称赞周邦彦的“叶上初阳干宿雨，水面清圆，一一风荷举”为“真能得荷之神理者”[50]。因为周词以白描的手法描绘出雨后风荷的神态，维肖维妙。姜夔的《念奴娇》《惜红衣》虽然也是咏荷名作，但只有泛泛咏荷的句子，读后不能形成荷花的明晰的形象，所以王国维批评说：“犹有隔雾看花之恨。”[51]苏轼的《水龙吟》以细腻的笔触，既描绘了杨花的形象，又抒发了思妇的悲苦情怀；史达祖的《双双燕》描绘春燕极妍尽态，形神俱似，所以王国维认为“不隔”。而姜夔的《暗香》《疏影》虽然历来被推为咏梅绝唱，但因为堆砌典故，没有具体描绘出梅花高洁的风姿，所以王国维批评说“境界极浅，情味索然”[52]“无片语道着”[53]。王国维反对堆砌典故和用替代字，因为这很容易使作品晦涩难懂，使艺术形象朦胧迷离。可见，所谓“不隔”，就是要求做到艺术形象的鲜明、具体、逼真、传神。这和中国古典美学中关于以形写神、形神兼备的思想有着显而易见的联系。

所谓“不隔”还要求做到“其辞脱口而出，无矫揉妆束之态”。这是对文学语言的要求。王国维认为姜夔的“二十四桥仍在，波心荡、冷月无声”“数峰清苦，商略黄昏雨”“高树晚蝉，说西风消息”是“隔”。除了这些诗句缺乏形象的鲜明具体性之外，还因为文学语言不那么流畅自然，带有人工雕琢的痕迹。王国维说“陶谢之诗不隔，延年则稍隔矣。东坡之诗不隔，山谷则稍隔矣”[54]。在文学史上，谢灵运的作品被称之为“初发芙蓉，自然可爱”，颜延年的作品被称之为“铺锦列绣，雕绘满眼”[55]。苏轼的作品如行云流水、万斛泉源，黄庭坚的作品则追求冷僻生硬，无一字无来历。可见，王国维要求文学语言做到浑然天成，不假雕饰，做到“极炼如不炼，出色而本色，人籁悉归天籁”[56]。他直接继承了中国古典美学关于主张自然本色反对雕章琢句的思想。但是，这决不意味着简陋浅薄。王国维称赞“淡语皆有味，浅语皆有致”[57]，要求思致深远、含蓄蕴藉、一唱三叹、余味无穷。反对“无言外之味，弦外之响”。[58]

总之，所谓有境界就是要做到情景交融，做到所描绘的社会生活或自然景色画面鲜明、具体、逼真、传神，文学语言自然本色、不假雕饰。这实际上是中国古典诗词丰富创作经验的总结和概括，对于我们今天的艺术创作仍然有一定的参考价值。

五

叔本华美学具有强烈的天才论的色彩。他把天才和庸众对立起来，而天才就是艺术家。艺术家具有进行审美静观的先天秉赋，具有先验的美的理想，能创造出大自然企图创造但未能创造出来的完整的美。叔本华还认为天才就是赤子、大孩子，更认为天才即疯狂。他说："天才与疯狂有接壤的地方，甚至彼此混合。"因此，在叔本华那里当然根本谈不到诗人修养问题。王国维在这个问题上虽然也受到叔本华的某些影响，也曾说过"词人者，不失其赤子之心者也"[59]，"主观之诗人，不必多阅世"[60]，但是，从总体上看，王国维重视诗人修养问题，提出了不少可贵的看法。这显然已经远远离开了叔本华美学。

王国维认为伟大的诗人必须有高尚的人格，人格卑下者不可能创作出伟大的文学作品，他说：

> 三代以下之诗人，无过于屈子、渊明、子美、子瞻者。此四子者，若无文学之天才，其人格亦自足千古。故无高尚伟大之人格，而有高尚伟大之文学者，殆未之

有也。[61]

他认为文学之事既要有“内美”，又要有“修能”。“内美”即诗人的精神品质的美在作品中的体现，“修能”指文字技巧之类。他强调“内美”的重要性，认为应该“尤重内美”[62]。基于此，他肯定苏轼和辛弃疾的“雅量高致”，批评周邦彦“周旨荡”，批评姜夔“虽似蝉蜕尘埃，然终不免局促辕下”，并把南宋中期以后的史达祖、吴文英、张炎、周密、陈允平等一概斥之为“乡愿”。这就是说，周邦彦等人，因为人品不高，所以作品缺乏深刻的思想意义，因而不能与苏、辛同日而语。

与强调诗人应该有高尚的人格相联系，王国维要求文学具有真实性，要求诗人写“真景物，真感情”[63]，“感自己之感，言自己之言”[64]，反对“铺缀的文学”“文绣的文学”“模仿的文学”[65]，反对“游”，即“哀乐不衷其性，虑叹无与乎情”[66]。总之，王国维要求文学真实地描写自然人生，抒发作者的真情实感，反对粉饰现实、无病呻吟，认为这种文学是毫无价值的。这在中国封建阶级文学日益走向腐朽反动，瞒和骗的文学作品泛滥的时候，有着鲜明的针对性和历史进步意义。

那么，诗人应该怎样进行修养呢？王国维说：

> 诗人对自然人生，须入乎其内，又须出乎其外。入乎其内，故能写之。出乎其外，故能观之。入乎其内，故有生气。出乎其外，故有高致。[67]

这就是说，诗人要深入生活之内，才能获得丰富的创作材料，作品才有生气；诗人又要从一定的高度观察生活，纵观生活的整体，作品才能有深刻的内容，才能有独到之处。王国维在一定程度上领悟到艺术与生活的辩证关系。而要做到有“高致”，王国维还特别强调必须坚韧不拔，百折不挠，要长期的、艰苦的探求生活的真理。他用形象化的比喻描绘了进行艺术创造或学术研究的历程：

> 古今之成大事业、大学问者，罔不经过三种之境界：“昨夜西风凋碧树。独上高楼，望尽天涯路。”此第一境界也。“衣带渐宽终不悔，为伊消得人憔悴。”此第二境界也。“众里寻他千百度，回头蓦见，那人正在，灯火阑珊处。”此第三境界也。[68]

一个诗人或学问家，首先要高瞻远瞩，认清前人所走过的道路，也就是说，总结和理清前人的经验是艺术创作或学术研究的起点。第二步，要覃思苦虑，孜孜以求，犹如热恋中的情人热切地、不惜一切地追求着所思。只有这样，才能一朝顿悟，发前人未发之秘，辟前人未辟之境，在艺术上或学术上做出独创性的贡献，犹如在灯如海、人如潮的灯节之夜，千追百寻终于找到了朝思暮想的心上人一样。王国维的三境界说蕴含着深邃的哲理。

中国古代美学家一贯注重诗人的修养。孔子曾说过：“有德者必有言，有言者不必有德。”[69]刘勰也谈到过要“积学以储宝，酌理以富才，研阅以穷照，驯致以怿辞”[70]。叶燮十分强调胸襟和见识对于文学创作的重要性，认为“有是胸襟以为基，而后可以为诗文。”[71]而王国维的诗人修养论则是相当深刻的、独到的，颇有发人深省之处。

六

王国维对中国古典诗词和戏剧发展史进行了细致的研究，提出了进化论的文学发展观。首先，他认为每种艺术形式或体裁都有自己的发生、发展、成熟、衰亡的历史。他研究了词的发展史，认为“词源于唐而大成于北宋”[72]，北宋是词史上成就最高的时期，而苏轼、辛弃疾是最杰出的词人，从南宋开始词的创作逐渐走下坡路，到明清时期更是走上了绝路。他细致地考证和研究了中国戏曲史，理清了中国戏曲从上古巫觋以歌舞事神而萌芽一直到元杂剧放出灿烂异彩的历史发展过程，用近代科学方法写下了我国第一部戏曲史专著《宋元戏曲考》。

那么，为什么一种体裁总是始盛终衰为另一种体裁所代替呢？王国维认为：

> 盖文体通行既久，染指遂多，自成陈套，豪杰之士亦难于中自出新意，故往往遁而作他体，以发表其思想感情。一切文体所以始盛终衰者，皆由于此。[73]

因袭模仿必然使创作走上绝路，导致某种文学形式的衰亡，同时新的文学形式又产生和发展起来。所以，就一种文学形式而言，在它达到成熟之后往往就要走下坡路，因而可以说是后不如前。但从整个文学发展史看，总是不断地出现新形式，取得新成果，因而总是不断发展、不断前进的。今人必然超过古人，不能说今不如古。王国维说：“故谓文学今不如古，余不敢信。”[74]而某些文学形式之所以能取得辉煌的成就是因为它既勇于继承，又敢于创新。所以说“最工之文学，非徒善创，亦且善因”[75]。

王国维还认为，每个时代都有代表了这个时代最高成就的艺术形式，他说：

> 凡一代有一代之文学。楚之骚、汉之赋、六朝之骈语、唐之诗、宋之词、元之曲，皆所谓一代之文学，而后世莫能继焉者也。[76]
>
> 明昌一编，尽金源之文献；吴兴百种，抗皇元之风雅，百年之风会成焉，三代之人文系焉。[77]

这种“一代之文学”，光照千古，后世不可企及。王国维把为封建统治者所“鄙弃不复道”的元曲，提高到和楚骚、汉赋、唐诗、宋词并驾齐驱的地位，给予高度的评价，这完全符合中国文学史的实际，但在当时却是石破天惊之论。

在王国维看来，元曲的价值首先在于“能写当时政治及社会之情状，足以供史家论世之资者不少”[78]。而除了这种“考古者征其事，论世者观其心”[79]的历史文献价值之外，还可供“游艺者玩其辞，知音者辨其律”[80]。此外，“曲中多用俗语，故宋金元三朝遗语，所存甚多”[81]，可为语言学研究提供资料。这就充分地估价了元曲在史学、文学、音乐、语言学等方面的价值。这种分析估价，说明王国维已经承认艺术是社会生活的反映，社会生活是艺术的源泉，具有显明的唯物主义倾向。

《宋元戏曲考》是王国维的最后一部戏剧艺术史著作，也是作为美学家和文学思想家的王国维的终结。他终于比较彻底地抛弃了唯心主义，走回到唯物主义的行列中来。这也是《宋元戏曲考》在学术上能取得杰出成就的最根本的原因。当然，由于时代和阶级的局限，王国维还只能达到进化论的文学发展观这个阶段，还不可能从社会经济政治状态以及阶级斗争的发展来说明文学的演进，当然也不能正确估价戏曲的思想性以及人民性。这是应该指出但不应苛求的。王国维毕竟在戏曲史研究中达到了他所处的时代可能取得的最高成就。从总体看，他的文学发展观超过了李贽等人，并为他同时代的美学家和文学思想家所不及。

七

王国维从一九一二年完成《宋元戏曲考》之后到一九二七年去世，全力进行甲骨文、殷周金文、汉晋竹简、敦煌遗书、西北地理、蒙古史料等方面的研究工作。在十五年的时间内，写出了一系列重要的、有影响的学术著作。他目光敏锐而又勤于思索，妙悟天开而又精湛绵密，敢于立异而又实事求是。他几乎在所研究的每一个领域内都作出了独到的贡献。

作为史学家的王国维在这一阶段没有留下一部美学和文学理论专著，但从他的大量论著中仍然不时透露出对文学的看法，有些论著还具有浓厚的文学气息，从中我们可以看出，叔本华美学和文学思想的影响，洗涤殆尽；素朴唯物论的色彩，日益鲜明。所以，尽管这些关于文学的论述是片断的、不系统的，但却是值得注意和珍视的。

王国维认为，学术文化的发展受时代条件和社会状况的制约和影响。并且随着社会的发展变化而发展变化。在论及清代学术思想时，他说："我朝三百年间学术三变：国初一变也，乾嘉一变也，道咸以降一变也。""国初之学大，乾嘉之学精，道咸以降之学新。"三个时期的学术思想之所以有不同特点，“时势使之然也”。他敏锐地预感到，“今者时势又剧变矣，学术之必变盖不待言”。他这话是一九一九年说的，正是中国历史进入一个崭新的时代，学术文化已经开始发生翻天覆地变化的时候。但是，由于政治思想的保守，他不能随着时代的步伐前进，错综复杂的社会关系犹如蜘蛛网一样紧紧束缚着他。因此，对于社会的发展变化他只能采取一种无可奈何的冷眼旁观、若即若离的态度，所谓“缅想古昔，达观时变，有先知之哲，有不可解之情，知天而不任天，遗世而不忘世”，实在是夫子自道。㉜

既然社会的发展变化制约和决定着学术文化的发展变化，那么，要求得对于文学作品的正确理解就应该采取在“知人论世”的基础上“以意逆志”的方法。王国维说：

> 善哉，孟子之言诗也，曰：“说诗者不以文害辞，不以辞害志；以意逆志，是为得之。”顾意逆在我，志在古人，果何修而能使我之所意，不失古人之志乎？此其术，孟子亦言之，曰：“诵其诗，读其书，不知其人可乎？是以论其世也。”是故由其世以知其人，由其人以逆其志，则古诗虽有不能解者寡矣。㉝

“以意逆志”和“知人论世”这两个互相独立的论题是孟子提出来的。孟子认为：如果仅仅抓住个别辞句或者仅仅停留在辞句的字面意义上，就会妨害对作品思想意义的正确理解。只有着眼于作品的整体和全局去探求作品的意旨和作者的用心，才能正确地理解作品。孟子还认为：要正确地理解作品，不了解作者的生平和思想是不可能的，这就要求进一步了解作者所处的社会环境和时代特点。这些看法对于文学欣赏和文学研究具有指导作用。但是，后世的儒者却对孟子所提出的论题作了主观主义的理解和阐释。赵歧《孟子注疏》说，“以意逆志”就是“以己之意逆诗人之志”。朱熹《孟子集注》说，“当以己意迎取作者之志，乃可得之。”这样，在研究、解释文学作品时，往往失之主观武断、牵强附会。王国维把“知人论世”和“以意逆志”有机地结合起来。他认为，要保证“以意逆志”不陷于主观武断，就必须以“知人论世”为前提。这样，就能“由其世以知其人，由其人以逆其志”，即结合作者所处的社会环境和时代状况，正确理解作者的生平经历和思想品格，进而把握作品的思想意义和作者的用心所在。这种看法，表现出鲜明的素朴唯物论的倾向。这和王国维在史学研究中所运用的方法是完全一致的。王国维说：“自科学上观之，则事物必尽其真，而道理必求其是。”[84]“吾侪当以事实决事实，而不当以后世之理论决事实。”[85]“由其世以知其人，由其人以逆其志”，正是在研究、解释文学作品时求“真”、求“是”。这就是从事实出发，而不是剪裁事实使之符合某种假设或理论框框。

关于文学的特征及其社会作用，王国维这时也有了进一步的认识。他认为：科学、史学和文学之间并没有绝对的界限，三者是互相联系、密不可分的。他说：

凡记述事物而求其原因、定其理法者，谓之科学。求事物变迁之迹而明其原因者，谓之史学。至出入二者间而兼有玩物适情之效者，谓之文学。……故三者非斠然有疆界。……凡事物必尽其真而道理必求其是，此科学之所有事也。而欲求知识之真与道理之是者，不可不知事物道理之所以存在之由与其变迁之故，此史学之所有事也。若夫知识道理之不能表以议论而但可表以情感者，与夫不能求诸实地而但可求诸想象者，此则文学之所有事。[86]

在王国维看来，科学、史学和文学都要探求“知识之真与道理之是”，因此本质上是相通的，但是，三者所运用的方式和手段又是不同的。科学运用抽象思维和议论的方式。史学则把研究自然或社会发展变化的过程及其因果关系作为探求“真”和“是”的手段。文学虽然要探求“真”与“是”，但它不运用抽象思维和议论，而是以深厚真挚的感情打动人，虽然也要反映社会的发展过程及其因果关系，但它不要求历史事实的真实记录，而是通过丰富的想象创造艺术境界：所以，文学能给人以审美愉悦（“玩物”），满足人的精神需要（“适情”）。王国维通过文学与科学、史学的对比，用“情感”“想象”“玩物”“适情”来说明文学的特征，这是比较准确的。别林斯基也曾通过文学与科学的对比来说明文学的特征[87]，王国维的看法与他颇有相似之处。

关于文学的社会作用，王国维认为文学和科学、史学一样“极其会归，皆有裨于人类之生存福祉”。但是，这种有益社会、造福人类的作用，不应该简单地、机械地、狭隘地理解。不能要求科学上的某种学说、史学上的某种见解和某一部文学作品能立竿见影地有益于社会或利用于社会生产中去。这种作用是“无用之用”，不是“有用之用”。但是，从整个历史发展的进程看，王国维认为科学、史学和文学起着巨大的推动作用，“凡生民之先觉、政治教育之指导、利用厚生之渊源，胥由此生，非彼一国之名誉与光辉而已”。这种见解在当时是相当精辟的。[88]

王国维的这些看法，显然已经完全摆脱了叔本华美学，而且走到了它的反面。正因为如此，他在一九一六年或一九一七年摘录《人间词话》的要点重新发表时，把带有叔本华美学痕迹的各条删除殆尽。这明显地勾画出王国维美学和文学思想发展的踪迹。[89]从唯心主义到素朴唯物主义，这是王国维美学和文学思想的发展和进步。但是，就思想的丰富性和深刻性而言，这一阶段远远比不上上一阶段。这是因为他的主要精力已经不花费在美学和文学理论研究方面了。

王国维经历了一个从信仰叔本华的主观唯心主义美学到逐步突破叔本华的束缚形成独立的美学和文学思想，从唯心主义到不自觉地倾向唯物主义的发展过程。《红楼梦评论》《人间词话》和《宋元戏曲考》是王国维美学和文学思想发展道路上的三块里程碑。他和叔本华主观唯心主义的距离越来越远，和中国古典美学的优良传统就越来越近。他终于不再是叔本华美学思想的传声筒，成了一位富有独创性的美学家和文学思想家。他所介绍和宣传的叔本华美学从总体上看当然不可能有什么积极意义，而王国维自己的美学和文学思想则有一定积极意义，到今天我们仍然应该批判地继承和借鉴。

王国维是中国近代最后一位重要的美学和文学思想家。他第一个企图把中国古典美学和文学理论与西方美学和文学理论融合起来，构成新的美学和文学理论体系。从某种意义上说，他既集中国古典美学和文学理论之大成，又开中国现代美学和文学理论之先声。在中国美学和文学思想史上，他是从古代过渡到现代的桥梁，起着承上启下，继往开来的作用。政治思想的保守使他在美学和文学思想上缺乏革命和进取精神，误信叔本华又使之增添了相当多唯心主义的杂质，而直觉的、鉴赏的论述方式更难免使人有不易把握、模糊影响之感。但是，这一切都不能掩盖其美学和文学理论的成就。对于这一笔珍贵的理论遗产，我们不应该采取肯定一切或否定一切的态度。把王国维的美学和文学思想简单地看成叔本华美学的翻版是不正确的，笼统地肯定王国维的美学和文学思想，无视叔本华美学对于王国维的深刻影响，说他是唯物主义的，现实主义的，甚至说他把现实主义和浪漫主义结合起来也是不妥当的。只有细致的分析和研究他的美学和文学思想的发展过程，区分精华和糟粕，才能做出实事求是、恰如其分的估价。

一九六四年初稿于北京，

一九七九年修改于济南，

一九八三年第二次修改于济南，并补写第七部分。

〔注〕

①⑲《历史人物·鲁迅与王国维》。

② 俞平伯《校点〈人间词话〉序》认为：王国维论词“标举境界”，“持平入妙，铢两悉称，良无间然。颇思得暇引申其意，却恐‘佛头著粪’，遂终不为”。郭沫若《鲁迅与王国维》说：“王先生的《宋元戏曲史》和鲁迅先生的《中国小说史略》，毫无疑问，是中国文艺史研究上的双璧；不仅是拓荒的工作，前无古人，而且是权威的成就，一直领导着百万的后学。”

③赵万里《王静安先生年谱》引陈守谦《祭文》。

④ 王国华《海宁王静安先生遗书·序》。

⑤ 参见殷南《我所知道的王静安先生》，柏生《记王静安先生自沉事始末》（以上二文均见《国学月报》第二卷八、九、十合刊），郭沫若《鲁迅与王国维》，溥仪《我的前半生》。

王国维自杀并非“殉节”的最有力的证据是他留下的遗书。全文是：

五十之年，只欠一死。经此事变，义无再辱。我死后，当草草棺殓，即行藁葬于清华园茔地。汝等不能南归，亦可暂于城内居住。汝兄亦不必奔丧，因道路不通，渠又不曾出门故也。书籍可托陈、吴二先生处理。家人自有人料理，必不至不能南归。我虽无财产分文遗汝等，然苟能谨慎勤俭，亦不至饿死也。

五月初二日，父字。

遗书无一字涉及已被推翻的清王朝和逊帝溥仪，全是对于家事的嘱托。最后一句话，凄凉酸楚，意在言外。至于表现了王国维"耿耿孤忠"的给溥仪的"遗折"，实际出于罗振玉之手，这已是公认的事实。

⑥⑦⑪⑫《静庵文集续编·奏定经学科大学文学科大学章程书后》。

⑧㉘《静庵文集·论近年之学术界》。

⑨㉙《静庵文集·教育偶感四则》。

⑩《静庵文集·论新学语之输入》。

⑬ 王国维对西方哲学史并没有进行精深的研究。他读过一些哲学史著作。西方哲学原著他读到的比较少，主要是康德和叔本华两家。康德的《纯粹理性批判》，他在一九〇三年初读时，"几全不可解，更辍不读"，继而读叔本华的《世界是意志和表象》，而"大好之"，认为"思精而笔锐"，于是一连读了两遍，随后又读叔

本华的其他著作。他认为叔本华对康德的批判是正确的，并认为用这种观点才能弄通康德哲学。实际上，叔本华是从右的方面批判康德。王国维可能没有读黑格尔的哲学和美学原著。王国维之所以接受叔本华哲学有着深刻的社会根源，并与他的生活和思想有着密切关系。上世纪末本世纪初，德国哲学尤其是叔本华和尼采哲学思想在日本甚为流行。王国维是跟着日本人学习哲学史的，康德、叔本华的著作引起他的兴趣是可以理解的。鸦片战争后，西方各种思想学说大量介绍到中国来，当时的知识分子并不能区别那些是进步的，那些是消极的和反动的。王国维也正是如此，他误认为叔本华哲学是一种先进思想。再者，戊戌变法失败之后，王国维思想上是苦闷的，他看不到前途和出路。叔本华哲学浓厚的悲观主义精神正好投合了他当时的心境。这可能是他接受叔本华哲学的重要原因。

⑭《静庵文集·叔本华与尼采》。

⑮㉒《静庵文集·叔本华之哲学及其教育学说》。

⑯《教育丛书四集》。

⑰《静庵文集·自序》。

⑱《静庵文集续编·自序二》。

⑳《自然辩证法》，《马克思恩格斯选集》第3卷，第467页。

㉑ 这是对叔本华哲学思想的基本内容和主要倾向的简要叙述。从德国哲学思想的发展看，叔本华哲学是对康德哲学的继承和发展。他吸收了康德哲学的很多观点并从右的方面加以批判和改造。同时，叔本华在理论上是缺乏独创精神的，他在构成自己的哲学体系时大量吸收前代和同时代哲学家的思想观点。我们从总体上批判和否定叔本华哲学和美学思想并不意味着对其分体和局部采取同样态度。

㉓㉔㉕㉚《静庵文集·红楼梦评论》。

㉖㉗《静庵文集·论哲学家与美术家之天职》。

㉛《静庵文集续编·人间嗜好之研究》。

㉜ 本段引文均见《静庵文集·红楼梦评论》。

㉝ 见本书《人间词话附录》（一）第2条。

㉞ 见本书《人间词话附录》（一）第5条。

㉟《观堂集林·此君轩记》。

㊱ 叔本华《世界是意志和表象》（根据缪灵珠先生未刊译稿，以下凡引叔本华语均据此，不另注）。

㊲ 见本书《人间词话》第32条、第37条。

㊳《静庵文集·释理》。

㊴ 王国维后来可能也觉察到这些不确切之处，所以，在《人间词话》发表于《国粹学报》时，删去了“故不能有完全之美”。（参见本书《人间词话》第37条）又过了七八年，在选录《人间词话》时，更把有“故不能有完全之美”“遗其关系限制之处”这种提法的一条删弃。（参见本书《人间词话附录》（二）。这里的第3条即本书《人间词话》第32条，第37条没有选入。）

㊵ 见本书《人间词话》第33条。

㊶㊺ 见本书《人间词话附录》（一）第2条。

㊷ 范晞文《对床夜语》。

㊸ 谢榛《四溟诗话》。

㊹ 宋徵璧语，沈雄《古今词话》引。从注㊷到注㊹,参见本书《人间词话》第31条注①。

㊻㊼ 见本书《人间词话》第46条。

㊽ 见本书《人间词话》第7条。

㊾ 见本书《人间词话》第77条。

㊿51 见本书《人间词话》第20条。

52 53 见本书《人间词话》第75条。

54 引文据《蕙风词话·人间词话》（人民文学出版社

本），参见本书《人间词话》第77条。

㊺ 参见本书《人间词话》第77条注⑩。

㊻ 刘熙载《艺概·词曲概》。

㊼ 见本书《人间词话》第40条。

㊽ 见本书《人间词话》第22条。

㊾ 见本书《人间词话》第106条。

㊿ 见本书《人间词话》第107条。

61646５《静庵文集续编·文学小言》。

62 见本书《人间词话》第119条。

63 见本书《人间词话》第35条。

66 金应珪《词选后序》。

67 见本书《人间词话》第117条。

68 见本书《人间词话》第2条。

69《论语·宪问》。

70《文心雕龙·神思》。

71《原诗》。

7275 见本书《人间词话》第109条。

7374 见本书《人间词话》第125条。

76《宋元戏曲考·序》。

777980《曲录自序》。按："明昌一编"，指董解元《西厢记诸宫调》；“吴兴百种”，指臧懋循《元人百种曲》（《元曲选》）。

⑱㉛《宋元戏曲考》。

㉜本段引文均见《观堂集林·沈乙庵先生七十寿序》。

㉝《观堂集林·玉溪生年谱会笺序》。

㉞㊱《观堂别集·国学丛刊序》。

㉟《观堂集林·再与林博士论洛诰书》。

㊲参见别林斯基《一八四七年俄国文学一瞥》。

㊳本段引文均见《观堂集林·国学丛刊序》。

㊴参见本书下卷《人间词话附录（二）》。

修订后记

本书初版于一九八一年，现修订重版。这里，想把几个有关问题简单交待一下。

《人间词话》原稿藏北京图书馆，一册，三十二页，是一个旧笔记本。封面书大字“奇文”“国华”“光绪壬寅岁”。小字为“人间词话”“王静安”。国华乃王国维弟，号哲安。看来，这个笔记本原来是他抄录资料的，后来为乃兄所用。第一页书七绝六首，有“王国维字静安”朱红印章，当是王氏作品。从第二页开始为《人间词话》原稿，共二十页，每页二十行。原稿后空白三页，随后是“静安藏书目”九页，有“王静安”蓝色印章。一九六三年，在赵万里先生帮助下，我得以借读原稿，并全文录出。本书上卷正文就是据此整理而成。由于当时匆匆抄录，虽曾复核亦难免有错漏，这次订正原稿正文时曾参考陈杏珍、刘烜同志的《〈人间词话〉（重订）》（见《河南师大学报》1982年第5期），特此申明，并致谢意！

我所见到的《人间词话》注本有：徐调孚校注本（《校注人间词话》，中华书局1955年版）、徐调孚注、王幼安校订本（《蕙风词话·人间词话》，人民文学出版社1960年版，以下简称通行本）、许文雨注本（收入《文论讲疏》，正中书局民国三十六年十一月版）以及靳德峻笺证、蒲菁补笺本《人间词话》，四川人民出版社1981年版）。这四种注本，尤其是前三种给我很大的帮助。这一部新注，是在吸收前人已有成果的基础上，加以补充修订而成。特在此郑重申明。

我编写这部新注主要是想把《人间词话》原稿如实介绍给研究工作者和广大读者。王氏从125条原稿中，仅仅选取63条，并重新编排，润色文字，交《国粹学报》发表。他力图组成一个比较完整的理论体系。《国粹学报》本对研究王氏美学和文学思想的重要性是不言自明的。但原稿的内容远比《国粹学报》本丰富，王氏的思路也比较容易看清。因此，它对研究王氏的美学和文学思想同样有重要价值。

至于原稿与通行本文字表达孰优孰劣，是一个复杂的问题，很难一概而论。首先，如果我们把通行本《人间词话》（即《国粹学报》所发表各条）与原稿有关各条相对校，就可以发现，绝大多数条文字完全一致或虽有差别但无关宏旨。再者，通行本有少数几条文字经过加工润色，比原稿表达更准确。但原稿的表述方式和已删去的若干文句，仍然有助于准确理解王氏的思想。如，原稿第33条，有王氏已删去的“此即主观诗与客观诗之所由分也”。据此，我们可以理解到，王氏所说的“有我之境”即“主观诗”，“无我之境”即“客观诗”。又如，原稿第37条，在“自然中之物，互相关系，互相限制”下，比通行本第5条多出“故不能有完全之美”。这就很容易看出叔本华美学思想的痕迹。如果没有这几个字，就不那么明显了。再如，原稿第77条“语语都在目前，便是不隔”，最初作“语语可以直观”。“直观”是西方美学常用的概念。这对我们正确理解王氏理论的渊源也有启发。第三，个别地方，原稿不错，通行本反倒错了。如原稿第100条，“梦窗、玉田、草窗、西麓”，通行本第46条“西麓”作“中麓”。西麓为南宋词人陈允平字，中麓为明人李开先字。王氏这条是论南宋词人，当然不会忽然提到明代人，通行本显然错了。（王幼安校订时已指出这点，但他用原稿另一条证明这里的“中麓”应为“西麓”，没有注意到原稿此条本来就作“西麓”。）又如，原稿第52条引冯延巳词后说“少游一生似专学此种”，通行本第22条作“永叔一生似专学此种”。这条是论秦观继承了那种词风，不应忽然又提到欧阳修。通行本很可能也是错了。这些错字，或是王氏从原稿整理转录时的笔误，或是《国粹学报》误植。第四，还有个别地方，修改后的文字不如原稿，如，原稿第117条“诗人对自然人生，须入乎其内，又须出乎其外”。通行本第60条“自然人生”作“宇宙人生”。应该说，前者较后者更确切。至于《国粹学报》所发表各条以外的原稿各条，赵万里、王幼安先生录出时进行过删节，个别地方文字上有改动，也有些笔误或辨识不确之处。如原稿第85条“乃值如许费力”。通行本“删稿”第30条，“费力”误作“笔力”。又如，原稿第119条，“文学之事，于此二者不可缺一”，通行本“删稿”第48条，“文学”误作“文字”。类似这样的地方，本书均按原稿录出，概不改动。本书为保存原稿面目，即使校注者认为通行本文字优于原稿者，也不据以改动原稿，但在校记中注明通行本文字。

编写这部新注也是想为研究《人间词话》提供较为丰富的材料。过去的各种注本在辑录王氏论及的诗词原文方面，用力甚勤，尤其是通行本收罗比较完备。但在探索王氏理论的渊源及其影响方面则注意不够。本书注文大量引用与王氏论点有关的中外美学和文学理论著作，就是为了弥补这一缺陷和不足。注文的任务仅仅是提供材料以及疏通文字，所以一般没有校注者个人的看法和论断。因为很多复杂问题很难在注文中说清楚。比如，王氏思想与叔本华美学的联系与区别就是如此。研究者从有关材料中可以自己做出判断，不妨见仁见智。校注者个人的意见都写在书前的论文中。当然那只是一得之见，仅供读者参考而已。

本书附录的第二部分《人间词话选》，节录自王氏的《二牖轩随录》（原发表于《盛京时报》）。我没有见到原件。这里是根据陈杏珍、刘烜同志的《〈人间词话〉（重订）》转录的。关于这份材料，刘烜同志在《王国维〈人间词话〉的手稿》一文中，曾有如下说明："王国维的手稿中，有一份自选的《人间词话》共二十一则（应为二十三则——引者注）。这是一份剪报，用四号宋体铅字排行。在这几则《人间词话》的开头，王国维写了如下的话：'余于七八年前，偶书词话数十则。今检旧稿，颇有可采者，摘录如下。'据此看来，很可能是王国维从日本回国以后选辑的。这份剪报共二十三页，题名《二牖轩随录》，其中选录的《人间词话》占三页。这是长篇的读书札记，大部分谈汉字、历史、古代文学。"（见《读书》，1980年第7期）如果我们把这里选录的各条与《国粹学报》所发表的《人间词话》以及《人间词话》原稿相对比，就可以看出，王氏是根据原稿摘录的，各条文字与原稿大体一致。其中第2条为原稿第45条，第22条为原稿第70条，第23条为原稿第69条和71条所合成。这四条，《国粹学报》本都没有，其中的三条（第45、70、 71条）赵万里先生1927年收入《人间词话未刊稿及其他》中，另一条（第69条）一直到1960年王幼安先生才从原稿录出收入《人间词话删稿》。王氏《二牖轩随录》大约发表于1915或1916年，那么这四条其实是不应叫作“未刊稿”或“删稿”的。《盛京时报》是出版于东北的报纸，关内流传不广，所以王氏的《二牖轩随录》很少有人见到。王氏在全力研究史学、考据的时候，仍然认为自己的《人间词话》“颇有可采者”，并录出其中要点重新发表，这也是耐人寻味的。

最后，简单谈谈《人间词》甲乙两稿序。这两篇序，赵万里先生在王氏年谱中明确指出乃王氏自撰。徐调孚先生的《校注人间词话》和王幼安先生校订的《人间词话》（即通行本）都把这两篇序作为王氏著作收入。不少研究者在自己的论著中也把这两篇序作为王氏论述引用。可以说，它是王氏作品已经为学术界所公认。但是，近来有同志提出不同意见，认为这两篇序的作者是樊炳清而不是王国维。（《〈人间词序〉作者考》，见《文学评论》1982年第2期）这种意见本人不敢苟同。首先提出两序是王氏作品的赵万里先生已经去世，他的王氏年谱确实没有详谈这个说法的根据。但赵先生是一位治学严谨的学者，他绝不会毫无根据地硬把别人作品说成王氏作品。赵先生与王氏关系密切，又是王氏遗著的整理、编辑人，言必有据。以常理推论，当为王氏告知。笔者在京时，也曾向他面询此事。他明确回答："是静安先生所撰。"语气肯定，未作任何解释。王氏确有一友人，名樊炳清（字少泉、抗夫，见本书上卷第26条），而《人间词》甲乙两稿序署樊志厚。樊炳清和樊志厚或是一人。所以，两序虽署名樊氏，但实出于王氏之手。假托友人名字为自己的集子作序，王氏还有一次。集中了王氏后期学术论著精华的《观堂集林》的序言也是王氏自撰而署名罗振玉（王氏致友人蒋汝藻函中明言之）。再者，两序持论与文风和《人间词话》大体一致也可以作为王氏自撰的内证。总之，赵万里先生的说法应该说是权威性的，现在似乎还不应轻易推翻。因此，本书仍把这两篇序作为王氏著作收入。

校注者

1982年11月7日

国家新闻出版广电总局

首届向全国推荐中华优秀传统文化普及图书

大家小书书目

国学救亡讲演录	章太炎 著 蒙 木 编
门外文谈	鲁 迅 著
经典常谈	朱自清 著
语言与文化	罗常培 著
习坎庸言校正	罗 庸 著 杜志勇 校注
鸭池十讲（增订本）	罗 庸 著 杜志勇 编订
古代汉语常识	王 力 著
国学概论新编	谭正璧 编著
文言尺牍入门	谭正璧 著
日用交谊尺牍	谭正璧 著
敦煌学概论	姜亮夫 著
训诂简论	陆宗达 著
金石丛话	施蛰存 著
常识	周有光 著 叶 芳 编
文言津逮	张中行 著
经学常谈	屈守元 著
国学讲演录	程应镠 著
英语学习	李赋宁 著
中国字典史略	刘叶秋 著
语文修养	刘叶秋 著
笔祸史谈丛	黄 裳 著
古典目录学浅说	来新夏 著
闲谈写对联	白化文 著
汉字知识	郭锡良 著
怎样使用标点符号（增订本）	苏培成 著
汉字构型学讲座	王 宁 著

诗境浅说	俞陛云　著
唐五代词境浅说	俞陛云　著
北宋词境浅说	俞陛云　著
南宋词境浅说	俞陛云　著
人间词话新注	王国维　著　滕咸惠　校注
苏辛词说	顾　随　著　陈　均　校
诗论	朱光潜　著
唐五代两宋词史稿	郑振铎　著
唐诗杂论	闻一多　著
诗词格律概要	王　力　著
唐宋词欣赏	夏承焘　著
槐屋古诗说	俞平伯　著
词学十讲	龙榆生　著
词曲概论	龙榆生　著
唐宋词格律	龙榆生　著
楚辞讲录	姜亮夫　著
读词偶记	詹安泰　著
中国古典诗歌讲稿	浦江清　著
	浦汉明　彭书麟　整理
唐人绝句启蒙	李霁野　著
唐宋词启蒙	李霁野　著
唐诗研究	胡云翼　著
风诗心赏	萧涤非　著　萧光乾　萧海川　编
人民诗人杜甫	萧涤非　著　萧光乾　萧海川　编
唐宋词概说	吴世昌　著
宋词赏析	沈祖棻　著
唐人七绝诗浅释	沈祖棻　著
道教徒的诗人李白及其痛苦	李长之　著
英美现代诗谈	王佐良　著　董伯韬　编
闲坐说诗经	金性尧　著
陶渊明批评	萧望卿　著

古典诗文述略	吴小如　著
诗的魅力 ——郑敏谈外国诗歌	郑　敏　著
新诗与传统	郑　敏　著
一诗一世界	邵燕祥　著
舒芜说诗	舒　芜　著
名篇词例选说	叶嘉莹　著
汉魏六朝诗简说	王运熙　著　董伯韬　编
唐诗纵横谈	周勋初　著
楚辞讲座	汤炳正　著 汤序波　汤文瑞　整理
好诗不厌百回读	袁行霈　著
山水有清音 ——古代山水田园诗鉴要	葛晓音　著
红楼梦考证	胡　适　著
《水浒传》考证	胡　适　著
《水浒传》与中国社会	萨孟武　著
《西游记》与中国古代政治	萨孟武　著
《红楼梦》与中国旧家庭	萨孟武　著
《金瓶梅》人物	孟　超　著　张光宇　绘
水泊梁山英雄谱	孟　超　著　张光宇　绘
水浒五论	聂绀弩　著
《三国演义》试论	董每戡　著
《红楼梦》的艺术生命	吴组缃　著　刘勇强　编
《红楼梦》探源	吴世昌　著
《西游记》漫话	林　庚　著
史诗《红楼梦》	何其芳　著 王叔晖　图　蒙　木　编
细说红楼	周绍良　著
红楼小讲	周汝昌　著　周伦玲　整理

曹雪芹的故事	周汝昌　著　周伦玲　整理
古典小说漫稿	吴小如　著
三生石上旧精魂 ——中国古代小说与宗教	白化文　著
《金瓶梅》十二讲	宁宗一　著
中国古典小说十五讲	宁宗一　著
古体小说论要	程毅中　著
近体小说论要	程毅中　著
《聊斋志异》面面观	马振方　著
《儒林外史》简说	何满子　著

我的杂学	周作人　著　张丽华　编
写作常谈	叶圣陶　著
中国骈文概论	瞿兑之　著
谈修养	朱光潜　著
给青年的十二封信	朱光潜　著
论雅俗共赏	朱自清　著
文学概论讲义	老　舍　著
中国文学史导论	罗　庸　著　杜志勇　辑校
给少男少女	李霁野　著
古典文学略述	王季思　著　王兆凯　编
古典戏曲略说	王季思　著　王兆凯　编
鲁迅批判	李长之　著
唐代进士行卷与文学	程千帆　著
说八股	启　功　张中行　金克木　著
译余偶拾	杨宪益　著
文学漫识	杨宪益　著
三国谈心录	金性尧　著
夜阑话韩柳	金性尧　著
漫谈西方文学	李赋宁　著
历代笔记概述	刘叶秋　著

周作人概观	舒　芜　著
古代文学入门	王运熙　著　董伯韬　编
有琴一张	资中筠　著
中国文化与世界文化	乐黛云　著
新文学小讲	严家炎　著
回归，还是出发	高尔泰　著
文学的阅读	洪子诚　著
中国文学1949—1989	洪子诚　著
鲁迅作品细读	钱理群　著
中国戏曲	么书仪　著
元曲十题	么书仪　著
唐宋八大家 ——古代散文的典范	葛晓音　选译

辛亥革命亲历记	吴玉章　著
中国历史讲话	熊十力　著
中国史学入门	顾颉刚　著　何启君　整理
秦汉的方士与儒生	顾颉刚　著
三国史话	吕思勉　著
史学要论	李大钊　著
中国近代史	蒋廷黻　著
民族与古代中国史	傅斯年　著
五谷史话	万国鼎　著　徐定懿　编
民族文话	郑振铎　著
史料与史学	翦伯赞　著
秦汉史九讲	翦伯赞　著
唐代社会概略	黄现璠　著
清史简述	郑天挺　著
两汉社会生活概述	谢国桢　著
中国文化与中国的兵	雷海宗　著
元史讲座	韩儒林　著

魏晋南北朝史稿	贺昌群　著
汉唐精神	贺昌群　著
海上丝路与文化交流	常任侠　著
中国史纲	张荫麟　著
两宋史纲	张荫麟　著
北宋政治改革家王安石	邓广铭　著
从紫禁城到故宫 ——营建、艺术、史事	单士元　著
春秋史	童书业　著
明史简述	吴　晗　著
朱元璋传	吴　晗　著
明朝开国史	吴　晗　著
旧史新谈	吴　晗　著　习　之　编
史学遗产六讲	白寿彝　著
先秦思想讲话	杨向奎　著
司马迁之人格与风格	李长之　著
历史人物	郭沫若　著
屈原研究（增订本）	郭沫若　著
考古寻根记	苏秉琦　著
舆地勾稽六十年	谭其骧　著
魏晋南北朝隋唐史	唐长孺　著
秦汉史略	何兹全　著
魏晋南北朝史略	何兹全　著
司马迁	季镇淮　著
唐王朝的崛起与兴盛	汪　篯　著
南北朝史话	程应镠　著
二千年间	胡　绳　著
论三国人物	方诗铭　著
辽代史话	陈　述　著
考古发现与中西文化交流	宿　白　著
清史三百年	戴　逸　著

清史寻踪	戴　逸　著
走出中国近代史	章开沅　著
中国古代政治文明讲略	张传玺　著
艺术、神话与祭祀	张光直　著 刘　静　乌鲁木加甫　译
中国古代衣食住行	许嘉璐　著
辽夏金元小史	邱树森　著
中国古代史学十讲	瞿林东　著
历代官制概述	瞿宣颖　著
宾虹论画	黄宾虹　著
中国绘画史	陈师曾　著
和青年朋友谈书法	沈尹默　著
中国画法研究	吕凤子　著
桥梁史话	茅以升　著
中国戏剧史讲座	周贻白　著
中国戏剧简史	董每戡　著
西洋戏剧简史	董每戡　著
俞平伯说昆曲	俞平伯　著　陈　均　编
新建筑与流派	童　寯　著
论园	童　寯　著
拙匠随笔	梁思成　著　林　洙　编
中国建筑艺术	梁思成　著　林　洙　编
沈从文讲文物	沈从文　著　王　风　编
中国画的艺术	徐悲鸿　著　马小起　编
中国绘画史纲	傅抱石　著
龙坡谈艺	台静农　著
中国舞蹈史话	常任侠　著
中国美术史谈	常任侠　著
说书与戏曲	金受申　著
世界美术名作二十讲	傅　雷　著

中国画论体系及其批评	李长之　著
金石书画漫谈	启　功　著　赵仁珪　编
吞山怀谷 ——中国山水园林艺术	汪菊渊　著
故宫探微	朱家溍　著
中国古代音乐与舞蹈	阴法鲁　著　刘玉才　编
梓翁说园	陈从周　著
旧戏新谈	黄　裳　著
民间年画十讲	王树村　著　姜彦文　编
民间美术与民俗	王树村　著　姜彦文　编
长城史话	罗哲文　著
天工人巧 ——中国古园林六讲	罗哲文　著
现代建筑奠基人	罗小未　著
世界桥梁趣谈	唐寰澄　著
如何欣赏一座桥	唐寰澄　著
桥梁的故事	唐寰澄　著
园林的意境	周维权　著
万方安和 ——皇家园林的故事	周维权　著
乡土漫谈	陈志华　著
现代建筑的故事	吴焕加　著
中国古代建筑概说	傅熹年　著
简易哲学纲要	蔡元培　著
大学教育	蔡元培　著 北大元培学院　编
老子、孔子、墨子及其学派	梁启超　著
春秋战国思想史话	嵇文甫　著
晚明思想史论	嵇文甫　著
新人生论	冯友兰　著

中国哲学与未来世界哲学	冯友兰 著
谈美	朱光潜 著
谈美书简	朱光潜 著
中国古代心理学思想	潘 菽 著
新人生观	罗家伦 著
佛教基本知识	周叔迦 著
儒学述要	罗 庸 著 杜志勇 辑校
老子其人其书及其学派	詹剑峰 著
周易简要	李镜池 著 李铭建 编
希腊漫话	罗念生 著
佛教常识答问	赵朴初 著
维也纳学派哲学	洪 谦 著
大一统与儒家思想	杨向奎 著
孔子的故事	李长之 著
西洋哲学史	李长之 著
哲学讲话	艾思奇 著
中国文化六讲	何兹全 著
墨子与墨家	任继愈 著
中华慧命续千年	萧萐父 著
儒学十讲	汤一介 著
汉化佛教与佛寺	白化文 著
传统文化六讲	金开诚 著 金舒年 徐令缘 编
美是自由的象征	高尔泰 著
艺术的觉醒	高尔泰 著
中华文化片论	冯天瑜 著
儒者的智慧	郭齐勇 著
中国政治思想史	吕思勉 著
市政制度	张慰慈 著
政治学大纲	张慰慈 著
民俗与迷信	江绍原 著 陈泳超 整理

政治的学问	钱端升　著　钱元强　编
从古典经济学派到马克思	陈岱孙　著
乡土中国	费孝通　著
社会调查自白	费孝通　著
怎样做好律师	张思之　著　孙国栋　编
中西之交	陈乐民　著
律师与法治	江　平　著　孙国栋　编
中华法文化史镜鉴	张晋藩　著
新闻艺术（增订本）	徐铸成　著
经济学常识	吴敬琏　著　马国川　编
中国化学史稿	张子高　编著
中国机械工程发明史	刘仙洲　著
天道与人文	竺可桢　著　施爱东　编
中国医学史略	范行准　著
优选法与统筹法平话	华罗庚　著
数学知识竞赛五讲	华罗庚　著
中国历史上的科学发明（插图本）	钱伟长　著

出版说明

“大家小书”多是一代大家的经典著作，在还属于手抄的著述年代里，每个字都是经过作者精琢细磨之后所拣选的。为尊重作者写作习惯和遣词风格、尊重语言文字自身发展流变的规律，为读者提供一个可靠的版本，“大家小书”对于已经经典化的作品不进行现代汉语的规范化处理。

提请读者特别注意。

北京出版社